ただいま、憑《つ》かれています。

橘 しづき

角川文庫
23862

目次

第一章　山奥での出来事

一

　広い公園の中央には立派な噴水があり、キラキラと輝きながら水飛沫《みずしぶき》を上げていた。周りの子供達が楽しそうにそれを眺めながら、平和の象徴のような明るい声を響かせている。

　そろそろ夏が近づいてきており、日は高く昇り、むし暑い。じんわりかいた汗で、着ているシャツが肌に張り付き気持ち悪く思った。それを剝《は》がすように摘《つ》まみ、パタパタと肌に空気を当てていると、ほんの少しだけ風が吹いて髪を揺らした。周りにある木々も音を立てて揺れる。

　はあ、とため息が漏れた。

　噴水から少し離れたベンチに一人で腰掛け、私はぼんやり手元を眺めていた。綺麗《きれい》な噴水も子供達の明るい声も、今の私の心を晴らしてはくれない。

『みなみ、家に帰って来てもいいのよ』

スマホに浮かぶその文章を見るたび、母の心配そうな顔を思い出して胸が痛んだ。一人暮らしをする時も心配かけたくせに、結局今も心配させてしまっている。何て返事を返そうか迷い、結局止めた。何度目か分からないため息をついて空を仰ぐ。真っ白な雲が浮いていて、どこからか『綿飴《わたあめ》みたいで美味《おい》しそう！』なんて声が聞こえた。その純粋な考え、私も幼い頃はあったのになあ。

就職のために家を出て、必死に働くこと一年。私は先日退職したばかりだ。なかなかのブラック企業だった。サービス残業当たり前、上司が怒鳴るのは当たり前、ミスを人になすりつけるのも当たり前。入ってすぐに、会社選びを失敗したなと反省したものだ。大きい企業だったので、内定を貰《もら》った時は大喜びしたというのに。

だが、私が退職を決意したのは、仕事内容だけが原因ではなかった。

「重っ」

私は一人呟《つぶや》き、肩を回す。何かをおんぶしているかのように上半身が重い。肩こりなんて日常茶飯事、どんな薬を塗ったって治りゃしない。もしやと思い、私は隣に置いていた鞄《かばん》からミラーを取り出した。恐る恐るそれを覗《のぞ》き込む。

自分の肩の上に、真っ白な腕が二本見えた。

腕だけが首に巻きつくようにしている。細さからして女性だろうか。肌はかさつき、爪は割れて小指のところは無くなっていた。顔は見えないのでどんな感情を持っているかは分からないが、離してなるものか、という強い意思が腕から感じられた。
ああ……また憑《つ》いて来ちゃったよ……祓《はら》ってもらわなきゃかなあ。
がくりと肩を落とした。

物心ついた頃には、どうやら自分の視界と周りの人の視界は違うらしい、と気づいていた。私が指差す方向に目を向けた母は、いつも『何もいないよ』と言っていたからだ。しかし、何もいないわけではなかった。老女がいた。血だらけの子供がいた。透き通った女性がいた。でも、それが見えるのは私一人だった。

子供のうちからあまり人に言うべきじゃないと感じ取り、見えないフリをいつのまにか習得していた。両親だけはこの能力を知っているが、他に知る人はいない。ところが、だ。見えるだけならまだいい。私にとって最大の難点は、『そんなやつらに好かれやすい』ということだ。

目だって合わせないし声だって聞こえないフリをしているのに、相手はいつのまにか私の近くに寄ってくる。背中に乗ったり足にしがみついたりと、しつこく纏《まと》わりついてくるのだ。そして好かれてしまったら最後、体調が悪くなる。行きつけのお寺にお祓いに行く羽目になるのだ。

実は今回退職したのもこれが原因だ。元いた会社は、どうも霊道が通っていたらしく、会社中に霊が溢《あふ》れかえっていた。もしかして、あんなに皆が荒《すさ》んでいたのは霊の影響なのかもしれない。一年はなんとか耐え忍んだものの、ギブアップしてしまった。しょっちゅう霊を背負ってお祓いに行っていたのではお金も無くなるし、健康にも悪いのだ。よって、ここに無職誕生。まだ再就職先も見つけられておらず、母に心配をかけている最中、というわけだ。くそう、私が何をしたって言うんだ。

そして、今日の面接は散々だった。気合十分で挑んだはいいものの、面接担当者がなんと水子を三体も連れていた。気にならないわけがなく、全く集中できなかった。おかげで途中、質問内容を忘れてしまうというとんだ失態を犯してしまい、相手の表情を見て不合格だろうなと察し、意気消沈して帰宅。その後気分を変えたくて、この辺にあるという美味しいドーナツ屋さんに買いに出かけた。だがなんと、臨時休業だった。踏んだり蹴《け》ったりで泣きそうなときにこの公園を見つけ、癒《いや》されるかもと思い足を踏み入れたものの、落ち込んだ自分の心はそう簡単には持ち上がらなかった。

「肩が……重い……」

うんざりして頭を抱えた。今まで変な霊能者やお寺から色んなものを買った。やれお守りだ、魔除《まよ》けのお札だ、美肌になれるお水だ。あ、最後のは関係なかった。とにかく、この憑かれやすい体質を何とかするためにお金はつぎ込んだが、どれも上手《うま》くいかなかった。私に普通の人生を歩むのは無理らしいと、もう達観している。

「ああ、次の面接いつだっけ」

独り言を呟いてスケジュール帳を見る。生活するにはお金がいる。貯金だってあまりない。早く次の働き先を見つけなければ、実家に帰ることになって親に迷惑を掛けてしまう。

「えっと一週間後……か。短期のバイトでもして食いつなぐかな。他の求人も見て……」

ブツブツと言いながら一人眉間《みけん》に皺《しわ》を寄せていると、突然自分の肩を誰かが叩《たた》いた。それは優しい力でぽん、ぽんと、私を呼ぶように二回。驚いて振り返ると、そこには知らない男性が立っていた。その顔をみて、つい持っていたスケジュール帳を膝《ひざ》から落とした。

少し薄めの色素の髪が、サラリと風に靡《なび》く。毛穴一つない白い肌は、消えそうなくらい儚《はかな》い、と思った。切れ長のすっきりした目元に、美しく通った鼻筋。かっこいいよりも、綺麗、という表現が似合う男の人だった。真っ白なシャツに黒いパンツを穿《は》いており、シンプルな恰好《かっこう》がより一層、彼の美貌《びぼう》を引き立てている。だいぶ背が高いようで、自分の首が痛く感じるほど見上げることになる。

「なな、何かご用で……？」

あまりの綺麗な顔につい声が裏返ってしまった。勿論《もちろん》、知り合いではない。こんな綺麗な人、一度見たら忘れるわけがない。

「あ、すみません。急に触っちゃって」

ニコリと微笑みながら言ったその言葉は柔らかく、優しさで満ちていた。イケメンが、自分に優しくしている。キャッチか詐欺か、なんて考えに行ってしまうのは、この人生、

特にモテてこなかったのを自覚しているからだ。すると彼は、

「肩にちょっと、ついてたから」

そう言って、すうっと目を細める。たったそれだけの動きが、見とれるほど美しかった。私はドキドキしてしまったのを隠すように、ヘラヘラ笑ってみせる。

「あ、あ、ああ！　ゴミがついていましたか、それはどうもありがとうございます！」

「さっき鏡見てましたよね？　ちゃんと取れてるか見てみてください」

「ああ、鏡ですね。はい持ってますよ、女子の嗜《たしな》みですのでそれくらい」

しどろもどろになりながら、言われた通り鞄から鏡を取り出す。イケメンを目の前にして、完全にパニックになってしまう。何も考えずパッと開き、覗き込んで私は言葉を失った。

何もない。

自分が着ている白いTシャツに、肩までの黒髪。映っているのはそれだけだったのだ。では、先ほど見えた腕は？

鏡の中をしばらくじっと見つめる。そういえば、肩が一気に軽くなっている。角度を変えて見てみても、先ほど肩に巻きついていた腕はどこにも見当たらなかった。ここにきて初めて状況を理解した私は、何も言わずに背後に立っている男性を見上げた。すると彼はわずかに口角を上げ、薄い唇で微笑んだ。

「ね？　取れたでしょ」

それだけ言うと、ベンチを回って私の隣まで歩み寄る。落としたスケジュール帳を拾い、丁寧に砂を叩《はた》くと私に差し出した。唖然《あぜん》としながらそれを受け取る。

「驚かせたかな。ごめんね」

「い、いえ……ありがとうございます」

「隣、座ってもいいですか」

「ど、どうぞ」

ふわりと私の隣に腰掛ける。その時、香水などではない、いい匂いがして驚いた。イケメンって匂いもイケメンなのね。

「もしかして、就職先を探してるんですか」

「え⁉ どうして知ってるんですか、まさか超能力もあるとか」

「すみません、独り言が聞こえてきて」

簡潔に答えを言われ、恥ずかしくて顔が赤くなった。昔から独り言が大きいと周りに指摘されてきたが、まさか聞かれていたなんて。必死に頭を下げる。

「うるさくてすみません」

「いいえ、それは全然いいんです。それより一つ伺いたいことがあります。その寄せ付けやすい体質は、昔からですか？」

間違いない。やっぱり、この人見えてるんだ。私と同じものが見えてるんだ！

それが分かると、一気に心臓がバクバクと音を立てて鳴った。未《いま》だかつて、同じように霊が見えると確信できた相手はいなかった。怪しげな霊能者に会ったこともあるけど、いまいち本物かどうかわからなかった。ついに同胞に会えた喜びと同時に、やっぱり本当に話してしまっても大丈夫だろうかという疑いの心で全身がいっぱいになる。

「……そう、ですね、多分」

「なるほど。では、単刀直入に言います」

彼が私の方を見る。つられて隣を向くと、ビー玉みたいな綺麗《きれい》な瞳《ひとみ》と目が合い、呼吸すら忘れそうになった。囚《とら》われたように動けない。そんな私をまっすぐ見つめ、真剣な面持ちでこう言った。

「僕と一緒に働きませんか」

思わぬ言葉に、つい黙り込んだ。背後からは、子供達の無邪気に遊ぶ声が聞こえてくる。ひたすら平和な公園で発生した、予想外の出来事に私は思わず固まってしまった。

「働く、とは、ええと、どういった、お誘いで……？」

しばらくの沈黙の後、私は声を捻《ひね》り出した。すると彼はポケットから何かを取り出す。それは一枚の名刺だった。差し出された名刺を受け取ると、シンプルな文字だけが見えた。『水城春斗』という名前と、住所と、電話番号だけ。

「みずきはると、と読みます」

「えっと、私は藤間《ふじま》みなみと言います」

「藤間さん。今から僕は怪しいと思われるような話をするのですが、聞いて下さいますか」

窺《うかが》うような声色で言われる。ちらりと隣をみて、心の中で考える。普通なら怪しい人だなと立ち去ってしまうだろうが、この顔に免じて少しだけ付き合ってみようと思った。イケメン万歳。

「はい、どういったお話でしょうか」

「先ほどあなたの肩にいたような相手を、救うお仕事です。どういう意味かわかりますね？」

そこまで聞いて、目を見開き固まった。ちょっと待ってほしい。つまり、幽霊を相手とした……霊媒師みたいな仕事ってこと？　私はすぐに強く首を振った。

「いや、私は寄せ付けるってだけで、全然力になれませんよ！　いつも我慢できなくなったら、お寺とかに行ってなんとかしてもらってるんです。おかげで出費に困るくらい」

「その寄せ付けやすい体質がほしいのです。何もあなたに修行しろとかそういうことは言わない。いいですか、僕が頼みたい仕事は二つ。うちに仕事が来た時に、現場に同行してもらうこと。もう一つは、ある部屋の管理です」

「部屋の管理？」

分からないことだらけで首を傾げるしかない。幽霊相手の仕事と、部屋の管理はどう関係があるのか。

水城さんは少し考えたかと思うと、私にこう提案した。

「説明するより見てもらった方が早い。僕の家はこの近くなんですが、見に来てもらえませんか？」

「えっと、今からですか……？」

話くらいなら聞いてみてもいいだろう、と思っていた私は一気に困った。だって、男の人の家に付いて行くほど警戒心がないわけじゃない。いくら顔が良くても、今会ったばかりの人なのだ。このままでは、変な壺《つぼ》とかを買わされる未来が私には見える、逃げるが勝ちだ。

体よくお断りしようとすると、それより先に水城さんが困ったように眉尻《まゆじり》を下げた。

「って、すみません。初対面の女性を家に呼ぶなんて、軽率ですよね……でも見れば理解してもらえると思うし、ううん。そうだ、何かあればすぐ通報できるように、スマホを手に持ったまま来ませんか」

「い、いえ、私はですね、この後用事が」

「もう110まで打っておいて、あとは通話ボタン押すだけにして。あ、行きに催涙スプレーやカッターでも買っていきます？　何かあれば使えるように。危険を感じたら刺してもいいですし、半径二メートルは距離をあけて行くようにしますから」

「いやいや、ちょ、ちょっと待ってくださいよ！」

何を言っているんだろうこの人は。あまりに必死過ぎるではないか。困り果てて隣を見るも、水城さんは懇願するように私を見ている。その顔からは、何がなんでも私を呼びたいという強い気持ちが感じられ、言葉に詰まる。

怪しい。でも、腕が見えていたのは間違いなさそうだしなあ……そう、あの腕が見えて祓《はら》ってくれたということは確かなのだ。悩んだ挙句、私は頷《うなず》いた。

「じゃあ、少しだけ。本当に少しです」

私が答えると、水城さんは嬉《うれ》しそうに笑った。その顔は子供のように無邪気で、破壊力が凄《すさ》まじく、またドキドキしてしまった。顔が良いという武器は強すぎる。

しかし油断してはいけない。やばいと思ったらすぐに逃げよう、カッターはやりすぎだけど、警察に電話できる態勢ではいよう。そう決心し、私は立ち上がった水城さんに続いて公園を出たのだった。

二

真っ青な空の下、二人で住宅街を歩いた。古い家もあれば、建てられたばかりであろう新築の家も見られる。時折犬の鳴き声だったり、子供の笑い声が聞こえてくる、ごく普通の住宅街だ。辺りをキョロキョロ見回しながら、私は彼に付いて行く。

暑さで額に浮いた汗をこっそり拭《ふ》きながら隣をみるも、水城さんは涼しい顔をして歩いている。その横顔はどこか嬉しそうにも見えた。そして次第に道は上り坂になり、毛穴から余計に汗が噴き出す。なんとか重い足を動かし付いていくと、坂道の途中に一軒の大きな家が見えた。それを目にした時、つい口から感嘆の声が漏れた。

木造の和風の家。平屋で、見たところ結構歴史のありそうな家だが、手入れが行き届いているようで美しい。有名な料亭だとか、そう言われても疑わないほどの立派なお家《うち》だ。

全体的に明るめの茶色の木材が多く使われており、どこか優しさを感じさせると同時に、真っ黒な瓦《かわら》が太陽を反射し存在感を出している。石畳のアプローチが続き、そのサイドには玉砂利が敷き詰められている。ゆっくりとした足取りで石畳を進んでいった。

アプローチの横にひっそりと植えられた細い木が上品さを際立てている。

「すごく趣きのあるお家ですね……！　水城さんのお家、なんですよね？」

「はい。僕一人で暮らしています」

「ここに一人暮らし……凄《すご》い」

素直に褒めると、彼は嬉しそうに笑った。

「祖父から父へ、父から僕へ引き継がれた家なんです。築年数は長いですけど、丈夫でちっとも住みにくいと思ったことはありません。この家は、守られていますから」

「守られている？」

私の疑問に、彼は意味深に微笑むだけだった。石畳が終わり、玄関の引き戸に手を掛けて、ガラガラッと開いた。その途端、ふわりと不思議な感覚に襲われた。

言葉に言い表せない幸福感。温かで、何かに包まれているような。足を踏み入れることすら忘れそうになるほど、その家は不思議なオーラでいっぱいだった。実家に帰ってきたような安心感と、参拝に行くときの厳かな雰囲気を足した感覚だ。今まで感じた事のない空気感にただ呆然《ぼうぜん》として、圧倒される。

「藤間さん？」

「あ、すみません……なんかこの家、す、すごいですね？　上手《うま》く言えないですけど」

呼ばれて慌てて中に入る。やはりとんでもなく広い玄関だ。水城さんが脱いだ靴以外、一足もないそこで靴を脱ぎ、自分の履き古したパンプスは端に寄せておいた。

水城さんはふふっと笑う。

「やっぱり藤間さんには分かるんだね」

「分かる、っていうと？」

「こっちに来て。もっと凄いものがありますよ」

私の質問には答えず、水城さんが指をさした。玄関のホールには地窓があり、坪庭を眺められるようになっていて、そこから外の明かりが入り込んでくる。窓の横には長い廊下が続いており、彼はその奥を示していた。

もはや怪しいだなんて気持ちがすっかり吹き飛んでしまっている私は、素直にそちらを見てみる。いくつか扉が並んでいるのが見えた。そのまま水城さんの後に付いて廊下を進んでいく。掃除の行き届いた綺麗《きれい》な廊下で、古くても木が軋《きし》む音など一切しない。

そして一番奥の扉の前に立つと、水城さんが私に言った。

した。

「扉を開けてもらえますか」

促され、ごくりと唾《つば》を飲み込んだ。そして言われた通り、私はその扉をゆっくりと押した。

ぶわっと風が吹いて私の髪を揺らした。同時に花びらのようなものが身を包んだ気がしたが、辺りを見回しても何もなかった。そのまま中を覗《のぞ》き込んでみる。結構広い洋室だった。ざっと見たところ十五帖ほどはあるだろうか。奥には大きな窓があり、全開になっていた。白いレースのカーテンが揺れている。部屋の中央には、かなり大きな木製の茶色のテーブルが置いてある。六角形をしたお洒落《しゃれ》なものだ。椅子も六脚あり、テーブルの真ん中には花瓶に生けられた花が飾られているが、少し萎《しお》れており残念に思った。部屋の端にはいくつかの観葉植物。部屋にあるのはどれも無駄のないシンプルなインテリアだ。

特に変わった様子はないその部屋だが、突然泣き出しそうな感覚に襲われた。悲しみではなく、感動で。無意識に目に涙が浮かび上がり、慌てる。この部屋からは、優しさの塊みたいなものを感じる。そんな私の隣に立つ彼はこちらの様子を見、満足げに微笑むと静かな口調で言った。

「ここはね、祖父が作った、浄霊の場なんです」

「浄霊の場？」

水城さんは、部屋の中を優しい目で見ている。

「行き場を無くした、悲しみに囚《とら》われた霊たちをここに呼びます。この部屋で休んでもらうと、少し時間はかかりますが、霊たちはいつのまにか安らかに眠っている。この部屋はそういう場所なんです」

彼の言葉を聞き、信じがたい話だが私は納得した。だって、この部屋のパワーって表現できないくらい凄い。思い込みや気のせいなんかじゃないと言い切れる。

私はそっと一歩足を踏み入れてみる。花のようないい香りがした。涼しいのと同時に暖かくて、心地がいい。思わずウトウトと眠ってしまいそうな場所だった。

後ろから水城さんがいう。

「ここに入ると、霊たちは自然と浄化されますから、憑《つ》かれやすい藤間さんにもいいと思います。もし背負っちゃったらこの部屋に入ってみてください、大抵の霊はあなたから離れてくれます」

「凄い……！　お祓いに行かなくてもいいんですか」

「ええ。あなたにお願いしたいのはこの部屋の管理です。と言っても大したことじゃない。朝に掃除をして、花を飾って植物に水をあげてください。それだけです」

「確かに花が萎れてますね……でも、廊下とかもピカピカじゃないですか、水城さん一人でも十分管理できるのでは？」

振り返ってそう尋ねると、彼は困ったように頭を掻《か》いた。

「僕はこの部屋には入れないんです」

そう言う彼は、確かに部屋には入らず、扉の向こう側で立ったままだ。

「つい二日前まで、管理してくれる人を雇っていたんですが、辞めてしまって。急いで探していたところ藤間さんを見つけたので、つい声を掛けてしまいました」

「辞めた、って……何か怖い目とかに遭ったんですか?」

「そうじゃないんだけど……そうだ。もう一つ重要なことを話さなきゃいけないんだった」

そう独り言のように呟《つぶや》き、意を決したように口を開いた時、インターホンの音が鳴り響いた。あ、と水城さんが小さく呟き腕時計をみる。しまったとばかりに言った。

「今日予約があったんだったな、すっかり忘れてた。藤間さん、いい機会だから一緒に聞いてくれませんか。仕事の話なんです」

「あ、はい、大丈夫ですけど……むしろ私もいいんですか?」

「ぜひ一緒に。うちのことを知ってもらわなければなりませんからね。働くかどうかの返事はその後でもらえれば」

ニコリと笑ってみせる顔に一瞬見惚《みと》れながら、私は浄霊の部屋を出た。どこか名残惜しく感じながらも、部屋をしっかり目に焼き付けて、扉を閉めたのだった。

玄関に立っていたのは中年のおじさんだった。着ているスーツは、小太りの体にサイズが合ってないのかパンパンに膨れている。細い目で珍しそうに私たちを見ているおじさんは、浄霊の部屋ではなくリビングに通された。黒いソファがある広々とした空間だった。

私はとりあえず水城さんの隣に腰掛けてみる。安易に『はい』と返事をしたけれど、今から何が起こるのかちっとも分かっていない。いまさら緊張で体が硬くなった。

そんな私から水城さんは一旦《いったん》離れ、キッチンからグラスに入った冷たいお茶を持ってきてくれる。目の前のおじさんは白いハンカチで必死におでこを拭《ふ》いていた。まあ、この暑さとあの坂道ならしょうがない。

氷の入ったお茶を飲むおじさんを前に、水城さんが切り出す。

「えっと、木村《きむら》さんでしたね。確か、交通事故が多い道についてのご相談だと」

おじさんは木村さんと言うらしい。彼は頷《うなず》いて言った。

「はい、私は少し山を登ったところに新しくキャンプ場を開いたんです。若者向けにお洒落な造りにこだわって、これからが特に賑《にぎ》わっていく時期なんですがね。そのキャンプ場に行く途中の山道で、どうも事故が多発する場所があるんです。調べてみると、以前から事故が多い場所でした。確かに大きなカーブがあるので、事故が起きやすいのかもしれません。ですが、最近あまりにも多いので、何か他に原因があるのではないかと。このままだとうちの営業にまで支障が出るのではないかと心配で……」

木村さんは困ったように一息に喋《しゃべ》り、そして再びハンカチで汗を拭《ふ》いた。置かれたお茶をごくごくと飲み切る。対して水城さんは涼しい顔で考え込んでいる。

「キャンプ場に行く途中に不吉な場所があれば、確かによくないでしょうね……事故に遭われた方の被害の大きさはどれほどです？」

「幸い死人は出てないようで、だからまだそんなに騒ぎにはなっていないんです。ただのカーブのせいだと分かればそれでいいんですが、おかしなことがないか調べて頂きたくて」

私は黙って水城さんと木村さんを見ていた。なるほどなあ、こういう相談をお仕事にしているわけか。それで現場に行ってみて、除霊とかするんだろう。単に急カーブのせいだって結論になることもあるかもしれないが。

水城さんがいくつか質問をして木村さんが答える。それが終わると、水城さんが納得したように頷いた。

「分かりました。このご相談、承ります」

「よかった！　どうぞよろしくお願いします、現場の地図はこちらです。なるべく早く解決することを祈っています」

木村さんはホッとしたように一枚の紙を置くと、そのまままた暑い外へと出て行ってしまった。思ったより早く対応が終わり、拍子抜けだ。

水城さんを見ると、地図を眺めながら優雅にお茶を飲んでいる。それだけでこんなに絵になる日本人っていたんだ、と馬鹿なことを考えた。私も喉《のど》が渇いていたので、お茶を一気に飲みほして潤す。

「藤間さん、こんな感じでうちには相談が来ます」

「あ、はい！　それで現場に行って除霊とかやっちゃうんですね！」

「いいえ、僕は本格的な除霊はできないタイプなので」

驚きで思わず二度見してしまった。だって、除霊できなかったらどう解決するの？　でも、私の肩にいた霊は祓《はら》ってくれたじゃないか。頭の中を疑問だらけにしたこちらの様子を読み取ったようで、水城さんが微笑んだ。

「僕はね、ある理由により霊に嫌われやすいんです。だから、さっきみたいな弱い浮遊霊ぐらいなら、近付いたら勝手にどっかに行ってしまいます。ただ、交通事故を引き起こすような力の強いものは駄目なんです。そもそも、追い払っても戻ってきてしまえば、また同じことが繰り返されてしまうかもしれないし」

「じゃあ解決出来なくないですか⁉」

「そこで、さっきの浄霊の部屋です」

言われて思い出す。私に管理してほしいと言っていたあの部屋だ。何か特別なものがあるわけでもないのに、とっても不思議な空気を感じる部屋。あそこにいれば霊たちは勝手に浄化されていく、って言っていた。

「あ、あそこに呼び寄せるってことですか？」

「その通り。だがここで一点、重要なことがあります。あの部屋は善良な霊しか入ることができない。つまり、誰かを攻撃しようとする悪霊などは駄目なんです。今回の相手はどっちなのか……」

水城さんは一言一言噛《か》みしめるように言った。それを聞き、なるほどと理解する。悪い霊たちは、あの部屋には入れないということなのか。感心すると同時に、どこか納得している自分がいた。あの部屋の感じ、確かに悪霊とかは入れなそうな、そんな清らかさを感じる。

でも、交通事故を起こすなんて霊、善良な霊とは言えないんじゃないか？　私が尋ねようとした内容を察するように、水城さんは続けた。

「例えば事故を起こさせるのでもね。故意に道連れにしようと企《たくら》んでるタイプもいれば、助けて欲しくて人間に縋《すが》り付いてしまうタイプもいる。人間は驚いて事故っちゃうけど、霊本人に悪気はない。そういうことも多くあるんです」

「あ、なるほど……」

「一番大事なのは、生前どんな人間だったか、という点だと思っています。あとはなぜ死んでしまったのかという理由も重要です。極端な話をすると、生前善人だったにも拘《かか》わらず、誰かに命を奪われてしまった悲しみにより悪霊化してしまうこともある。いくら悪霊といえども、そんな悲しい人を無理やり除霊はしたくないでしょう？　その場合は、何とか恨みを捨てるように働きかけます」

水城さんが言った内容に、驚きで目を丸くした。

「そんなことが出来るんですか？」

「そこが腕の見せ所ですね。根が善人だと、こちらのやり方次第で分かってくれることも多いです。本人が眠りたい、楽になりたいと願ってくれれば、あの部屋も受け入れてくれる。ただ、根っからの悪霊は無理です。生きている頃から人を傷つけることを楽しんでいたりした者は、あの部屋に入れません」

「部屋にさえ入れば、あとは自然と穏やかになってくれるんですよね？」

「そう、あの部屋には色々な作用があります。まだ心に悲しみを抱いていればそれを癒《いや》す効果が。そして他の悪霊から守ってくれたり、道を教えてくれる効果もあるんです」

「道を教えてくれる、ですか？」

私が首をひねって訊《き》くと、彼は優しい口調で説明を続けた。

「長く霊として彷徨《さまよ》っていると、迷子になるような感覚で、もし心残りだったことが片付いたとしても、すぐに成仏できなくなることがあるんです。あそこはそんな人たちみんなの家です。外より、家で寝る方が安眠できるでしょう？　そんな感覚です」

「凄《すご》いお部屋なんですね……」

感嘆のため息を漏らした。可哀想な霊たちにとっては本当に救いの部屋というわけだ。

それにしても、おじい様から引き継いだと言っていたが、一体どう作られたのだろうか。

水城さんはにこりと笑いかけて続ける。

「あれだけ居心地がいい部屋なので、たまたま気づいた浮遊霊が勝手に入り込んでることもありますが驚かないでください。いるのは必ず善良な霊ですからね。こんな説明で大体分かりましたか？　僕の仕事は、一人でも多くの彷徨う霊を救うこと。そのためにどんな霊なのか調べて対処法を決める、とそういうことです」

霊を救う、という言葉に、私は心臓をぎゅっと掴《つか》まれた感覚になる。自分の中にない概念だったので、驚いた。これまで霊に憑《つ》かれればすぐに祓ってばかりで、彼らがなぜ存在しているのかとか、どんな思いで残っているかなんて考えもしなかったからだ。相手を救う、なんて、一度も思ったことがなかった。

水城さんの言葉に感銘を受けながらも、ふと思った疑問をぶつけてみた。

「なんとなく分かりました。あの、では根っからの悪霊はどうするんですか？」

「そこだ。さすがにそんな相手は救えない」

水城さんが私に向き直る。彼は真剣な眼差《まなざ》しで口を開く。

「さっきも言いかけたけど、伝えなきゃいけない重要なことがあるんです。って……ちょっと待っててください、新しくお茶持ってくるから」

水城さんは空っぽになったグラスを見てそう言った。続きが気になったが、きっと落ち着いた環境で話したいのだろうと思い、何も言わないでおく。お礼を告げると、彼はグラスを持って一旦《いったん》退席する。私はふうと息を吐いて心を落ち着けた。

今日会ったばかりの人の家で、一体何をしてるんだろう。でも、嘘をついているようにも見えないし、あの部屋の言葉に表現できない凄さを目の当たりにしては、信じるしかないとも思うのだ。私の心はすでに揺れ動いていた。

部屋の管理はそんなに難しそうじゃない。あとは、現場に同行するって言っていた。怖い場所に行くことに耐えられるかどうか……変なの拾ってきちゃったり……あ、でもそういうのは悪霊以外なら浄霊の部屋がなんとかしてくれるんだっけ。けど怖いのはなあ。

ううんと唸《うな》るも、さっきまで隣にいた水城さんの顔が浮かんで、自然と口角が上がってしまう。水城さんってあんなにかっこいいのに優しそうだし気遣いも出来るし、あの人がいるなら働きたい！　なんて単純なことを考えている自分もいる。困ったものだ、イケメンの力は絶大。そう心の中でブツブツ独り言を言っているときだった。

「冴《さ》えねー女が来たな」

突然、背後からそんな声が聞こえた。明らかに私に対してぶつけられた言葉だと分かり、驚きで振り返る。

そこに立っていた人は、高身長の男性だ。色素の薄い髪に、整った顔。そんな人が私を見てい……ん？

「え？　水城さん？」

そう、立っていたのは水城さんだ。手に一つだけグラスを持って私を見下ろしている。

空耳だったかな、すごい悪口が聞こえた気がしたのだが。

するとその前の彼は、嫌そうに顔を歪《ゆが》めた。

「しかもすげーチビじゃね？　成人してんだよな？」

目の前で起こっている状況についていけず、頭の中はクエスチョンマークで満タンだ。

衝撃で目がチカチカする。水城さんが、水城さんじゃない言葉を喋《しゃべ》っている。だって水城さんって、柔らかい声で優しい顔で、いかにも紳士！って感じの人じゃない。すげーとか、私をチビとか言うはずがない。

そこまで考えて、私は気が付いた。

「双子だったんですか……」

つまり一卵性の双子だろう。あまりにそっくりで驚く。双子のイケメンなんて最高じゃないか、ただしこっちの方は随分性格が悪そうだけれども。

水城さんの双子さんは、無言で私の隣に腰掛けた。自分の分だけ持ってきたお茶をぐいっと飲み、私を見る。態度や表情からして、水城さんとはまるでタイプが違う。

だが、彼はきっぱりと言ったのだ。

「いや、双子じゃない。あーそういえばあいつ、俺のこと説明しようとしてまだしてなかったな。めんどくさ」

本当に面倒くさそうに言ったその人は、だらしなくソファにもたれる。足でテーブルをぐいっと押し、足元のスペースを確保した。なんて行儀が悪いのだろう。唖然《あぜん》としている私をよそに、彼は言った。

「俺は一ノ瀬悠《いちのせゆう》。水城春斗の体に乗り移ってる幽霊だよ」

そう適当に吐き捨てた。私は隣の男を無言で見つめる。長い沈黙が流れた。

見た目は水城さんで間違いない。でも、上手《うま》く言えないけど人が違うのはわかる。にこやかに微笑んで丁寧に話してくれた彼は今、気怠《けだる》そうにソファに座って一人でお茶を飲んでいる。

しばらく経って、私は意を決して立ち上がった。そして男の腕を掴む。

「あ、ああ、悪霊退散!!」

「はあ？　何だ急に」

不快そうに眉《まゆ》を顰《ひそ》める男の腕を必死に引き、私は叫ぶ。

「こっちの部屋に入りなさい！　あそこに入ったら霊は眠れるらしいから、大人しくねんねしな！　はっ、悪霊はあの部屋入れないんだっけ、でもとりあえず試してみるだけでも……！」

思いつく解決法はこれしかなかった。水城さんは乗り移られてるんだ、とんでもない霊に！　残念ながら私は祓《はら》う力などないので、出来ることはさっき水城さんから聞いたばかりの、浄霊の部屋に押し込んでやることぐらいだ。

全身の力を使って腕を引っ張る。彼が着ている白いシャツがびよんと伸びた。それでも、元々水城さんは私よりずっと身長も高くて体格が全然違うので、まるで動かせず、ただ洋服を虐《いじ》めているだけの恰好《かっこう》になっている。呆《あき》れたように私を見ながら、彼が言う。

「待て待て。春斗も言ってたろ、あいつは浄霊の部屋には入れないって。この状況は合意の上なんだよ。俺があいつの体を借りて生きていくのを、あいつは許可してるんだ」

「そんなわけないじゃない！」

「シャツ破れるだろ、ゴリラかお前。腕力がすげーのよ」

「ゴリラは見た目に反してすっごく優しいんですよ！」

「それ、見た目がゴリラって認めてんのか？」

鼻で笑いながら、握りしめたシャツをサラリと取られてしまう。混乱の中で、そういえば確かに水城さんはあの部屋には入れないと言っていたのを思い出す。それに何か大事なことを言いかけていた。もしかして、この人のことを言いたかったの？

ちらりと目の前の男を見る。顔は水城さんだ、最高に綺麗《きれい》な顔。でも、どこか性格の悪さが滲《にじ》み出ている顔に見えてくるから不思議だ。水城さん……いや、一ノ瀬悠と言ったか。一ノ瀬悠は皺《しわ》になったシャツを伸ばすようにしながら言う。

「簡潔に説明してやる。俺たちは適当なタイミングで一日何回か入れ替わってる。それは春斗も納得の上。俺自身は結構強い力があるから、他の霊に敬遠される傾向がある。仕事中、霊に隠れられたりするとなかなか進まないもんで、逆に霊を引き寄せやすいあんたみたいな存在が必要でスカウトした」

「そ、そういうこと……入れ替わってるって、多重人格みたいな？」

「似てるけど全然違うな。多重人格者は自覚がないし、別の人格になってる間の記憶は本人は覚えてない。でも俺らの場合は、変わってる間の記憶も把握できる。つまり、俺とあんたの会話は春斗も知ってる、ってことだ」

信じられない出来事が積み重なって理解が追いつかない。でも確かに、色々な線が繫《つな》がった気がする。私に声を掛けてきた理由や、部屋に入れないと言っていた理由も。

「それってつまり、水城さんがあの部屋に入っちゃったら、あなたは浄霊されちゃうってこと？」

「まあ俺は悪霊じゃねーからありえるね。でも春斗の体を借りてることであいつの体調に支障が出ることもないし、別にデメリットはない。俺たちは納得し合ってこうしてるんだ、変なこと考えるなよ。あと、基本的に他人には言うな、めんどくさいから。それにしても、春斗が声かけただけあって、霊が好みそうな空気持ってるな。なかなかの逸材。あとはもっと美人だったら文句はなかった」

あまりにも失礼な物言いに言葉を失くしてしまう。彼は私の体を上から下まで眺め、一つため息を漏らしなおも言った。

「品性、身長、胸、足りないものが多すぎる」

非常に残念そうに言う一ノ瀬悠とやらを思いっきり睨《にら》みつける。ええ、どうせそこらにいるレベルの女ですよ！　水城さんの隣に並んだら差が激しいでしょうよ！　でも、それを初対面の私に直接言うなんて、一体どんだけ失礼な人なんだ。

一ノ瀬悠はお茶を飲みながら、さっき木村さんが置いていった地図を手に取り見ている。あっと思い出し、私は尋ねた。

「私のお茶は⁉　水城さんがおかわり持ってきてくれるって！」

「なんで俺がお前に持ってこなきゃならねーんだ。自分でもってこい」

「キイイ‼」

「ゴリラじゃなくて猿だったか、なるほど」

私はワナワナと怒りに震える。あの水城さんとは比べ物にならないほどの最低人間、優しさのかけらもない！　一発殴ってやりたい。それでも私の怒りを全く気にせず、一ノ瀬悠は平然と続けた。

「まあ猿でもなんでもいいや、霊さえ引き付けてくれれば。実際、美人が来たら仕事に集中できねえだろうし。そこは感謝する」

「こんな苛立《いらだ》つお礼あります？」

「そうそう、大事なのは顔でも身長でもない。だからそんな落ち込んだ顔すんな」

「元々落ち込んでないんですが？」

彼は地図を再度覗《のぞ》き込んで言う。

「さて。早速この現場に行ってみるか。んー車で一時間ってとこか。お前免許持ってる？」

「へ？　普通免許ぐらいなら」

「よし。運転頼んだ。行くぞ」

私が同行することを前提に告げ、一ノ瀬悠は立ち上がる。私は慌てて言った。

「私ここで働くなんてまだ決めてない！　しかも、水城さんはいい人だからいいかなって思ってたけど、こんな性格悪い人がいるなんてごめんだし」

私の言葉を聞いて、一ノ瀬悠は少し感心したように言った。

「お前正直だな」

「人のこと言えます？　ゴリラだの冴《さ》えないだのチビだの言っといて。紳士な水城さんを見習って！」

「お前は春斗に幻想を抱きすぎじゃないか？　教えてやろう、あいつはな……」

突然低い声で呟《つぶや》いたので、つい身構えてしまった。もしかして、なんか凄《すご》い情報が出てくるのだろうか。例えば五股《ごまた》掛けてるとか？　女に貢がせてるとか？　ごくりと唾《つば》を飲み込んで次の言葉を待つ。すると一ノ瀬悠は神妙な面持ちで言った。

「方向音痴なんだぞ」

「………」

なに、そのどうでもいい情報。

私の目が据わったことに気づいたのか不満げにいう。

「ドがつく方向音痴だぞ。あいつに付いて行ったらこの世の終わりだ。お前も方向感覚鈍そうだけど、あいつのは度を超えている」

「なんでわざわざ私の悪口入れたんですか」

「俺は嘘がつけないだけだ」

「嘘をつけ、なんて言ってません。言わなくてもいいことを言うなってことよ！」

「おお、それは正論かもしれない。今度からは心の中で呟いておくな」

「聞こえないところで悪口言われるのもムカつく……」

「ごちゃごちゃうるせーな。とりあえず一度現場を見て、それからちゃんと春斗に断りの返事しろよ」

相手から返ってきた正論に思わず押し黙る。確かに、誘ってくれたのは水城さんだ。直接水城さんに返事をしなくてはいけないだろう。私は渋々現場への同行に頷《うなず》いた。

なぜだ。なぜこうなったんだ。優しそうなイケメンについて来て、丁寧に仕事について説明を聞いていたというのに詐欺だ。新種の詐欺だ！

「よし、行くぞチビ」

「心に秘めておくって話はどうした」

「忘れた」

そう言った一ノ瀬悠は、私を振り返ることもせずさっさと出て行ってしまう。それを必死に追いかけながら、不安でしょうがなかった。

三

その後、水城さんのものだという車に乗り込み、私が運転席に座った。助手席に乗った一ノ瀬悠は、いつのまに持ってきたのか漫画を開いて読み始めている。とりあえず目的地はナビに入れたからいいものの、普通、人に運転させておいて漫画を読むだろうか？　私は横目で睨みつけながら、アクセルを踏んで車を発進させた。

車内では互いに沈黙したままだ。ああ、水城さんだったら。きっと運転してくれて、私は助手席に座って、穏やかに世間話でもしながら素敵な時間を過ごせただろう。今、私はイライラの絶頂にいる。

私達は隣県近くにある山を目指していた。賑《にぎ》やかな街並みをしばらく通った後は、いつのまにか自然でいっぱいの景色になってきている。緑の生い茂る山々を見るのは気持ちのよいものだった。ハンドルを握りながら窓の外を眺めてみると、空は晴れていていい天気だ。青空に浮かぶ真っ白な雲は、見ていると穏やかな気持ちになる。

「やべ」

ずっと無言で漫画を読んでいた一ノ瀬悠が小さく呟いた。私は無表情で訊《き》く。

「どうしたんですか」

「漫画読んでたら酔った」

「馬鹿じゃん」

「うるさい、時間を有効に使いたいタイプなんだよ。あーくそ」

彼はシートを倒してゴロリと寝そべる。呆《あき》れて物も言えなかった、自由にも程がある、これほど他人に気を遣わない人なんて初めて会った。

「あーお前なんか面白い話しろ」

「ふとんがふっとんだ」

「あはははは！　ってなるか馬鹿野郎」

「ノリツッコミしたのは意外でした」

不覚にもちょっと笑ってしまった。その時ナビの案内が入り、指示通り右折する。するとその先は、青々と茂った木々に両側から挟まれた山道へと変貌《へんぼう》した。光が遮られ、視界が少し暗くなる。道幅はそれなりに広いが、古い道なのか中央線がところどころ剥《は》げており、見にくくなっていた。カーブも多く、両手でしっかりハンドルを握って気を引き締める。山道を運転した経験はあまりないのだ。

次第に車通りも少なくなった。集中しながら、口だけを動かす。

「この後、幽霊を探して、いい霊だなーって分かったらお持ち帰りするんです？」

「いい女相手みたいに言うなよ。まー、すぐにどんな霊か判断つかないこともあるから、そういう時は何回か足を運んだりするかな」

「え!?　そうなんですか。でもそうか、相手がどんな人か、どうして死んだかとか調べるわけだし、時間かかるか」

そこまで言うと、あっと思い出し、さらに質問を重ねる。

「そういえば、いい霊なら浄霊の部屋でしょ？　じゃあ悪いやつはどうするんです？

水城さん、除霊は出来ないって」

「ああ。そういう相手は俺の出番」

「あ、一ノ瀬さんが」

「殴る」

「はあ？」

殴る、とはどのようにするのか意味がわからない。詳しく尋ねようと口を開いた時、無機質な機械の声が響いた。『目的地に到着しました　ルート案内を終了します』……

はっとして辺りを見回した。

ひときわ厳しい急カーブがある場所だった。瞬時にそこが問題の場所だとわかる。なぜなら、真っ白なガードレールが倒れてペシャンコになっていたからだ。恐らく以前事故があったまま、まだ修理が出来ていないのだろう。倒れたガードレールの先には、太い木が静かに立っていた。幹には大きな傷が見える。あそこに車が衝突したのだろうか、と想像した。

一ノ瀬悠は倒していたシートを起こし、私に指示した。

「運転には気をつけろよ。ゆっくりでいい。そうだな、とりあえずカーブは越えて……

お、あそこの路側帯は少し広くなってるな、なるべく端に寄せて車を停めろ」

ドキドキしながら言われた通りに車を動かした。ここで私が事故を起こしたりしては元も子もない、しかも水城さんの車なのだし。私は細心の注意を払いながらなんとか無事車を停めた。エンジンを切ってドアを開ける。暑かったはずの気温はグッと下がって肌寒さを感じるほどで、それが山だからなのか、この場所に曰《いわ》くがあるからなのかはよく分からない。

降り立ったそこには静けさだけがあった。木々が揺れ、時々風の音が聞こえる。車が通ることもなく、人気がないことに不安を覚える。辺りを見回し、ぶるっと震えた腕をさする。やっぱりついてくるんじゃなかった。なんか、不気味。

「よしこっち見てみるか」

一ノ瀬悠は独り言でそう言うと、ヒョイッと事故があった側のガードレールを跨《また》いだ。

驚いて声をかける。

「そんな山の中に入って大丈夫なの⁉ 危なくない⁉」

「そこまで奥には行かねーよ。ほら来い、お前はその引き寄せやすさを買われてうちに来たんだろ。役に立てよ」

抱いていた後悔がなおさら大きくなった。だってまさか、この人と二人きりで山を散策することになるなんて。一ノ瀬悠はさっさと歩き出してしまうし、こんなところに一人でいるのも嫌だ。私は慌ててその背中を追った。

同じくガードレールを越え、土に足を下ろすと、ぬかるんでいるのが分かった。そういえば、昨日は雨だったか。落ち葉が敷き詰められた上を歩くと、足の裏から不思議な感覚が伝わってくる。それを感じつつ、木の根に躓《つまず》かないよう気を付けながら必死に歩いていく。あんな口の悪い人間でも、なるべく離れたくない。

ざわざわと木々が揺れる。まるで侵入者を警戒しているように聞こえた。同時に自分の心臓もざわめいていく。警告しているのだ、私が私自身に。ここはよくない。きっと長くいると危ない。

「あの……変な感じしませんか？」

恐る恐る声を掛けてみると、一ノ瀬悠が振り返る。今までのだらけた顔ではなく、真剣な面持ちに見えた。目には鋭い光が宿っている。

「まあ、山って基本よくねーんだよ。単純に自殺者とか遭難者がいるってのもあるけど、それ以外でも寄って来ちゃうわけ。特にお前はそんな体質だからなー、すげえ注目されてんじゃん」

彼は低い声でそう囁《ささや》いた。決して私を驚かそうとしているわけではなく、真面目な表情でじっと見つめている。そしてその視線は私ではなく、もっと後ろに向けられていた。

心臓が痛いほどに鳴る中、ゆっくりと後ろを振り返ってみる。木の生い茂る山の中に人が立っているのが分かった。白い裸足《はだし》の足があったのだ。上半身は木に隠れて見えないが、明らかに生きている人間ではない。少し離れた場所からでも、こちらを見ているのは伝わってきた。

ぱっと前に向き直る。どうして来てしまったのだ、と自分を叱った。でも一ノ瀬悠はまるで怯《おび》えることなく冷静に言う。

「まあ、事故の原因はあれじゃねえな。ただ彷徨《さまよ》ってるだけの力のないやつと見た。そのうち消えそう。こっち行くぞ」

「ま、待って！」

もう付いていくしか出来ない私は、半泣きになりながらその背中を追う。幸い、彼が着ているシャツは白いので山の中では目立つ。決して見失わないよう、私は一ノ瀬悠を追い続けた。ずるりとぬかるみに滑って転びそうになる。ヒールではないが、パンプスを履いてきてしまっている私に、道なき道を行くのは辛《つら》い。怖いしなんだか足も痛いしで、それを紛らわせるために声を掛けた。

「ねえ、どこまで行くんですか？」

「もうちょっと」

「迷子にならない？」

「平気平気」

私を振り返ることもないまま、適当に答えてくる。会話も膨らまないか、と残念に思っていると、向こうから声がした。

「その体質、生まれつき？」

「あ、そう……。物心ついた頃からこうで、両親は知ってるけどあとは隠してきたかな。よく憑《つ》かれやすくて、そのたびにお寺行って祓《はら》ってもらったりしてました」

「へー」

「今まで働いてた会社も、霊道があったみたいでしょっちゅう背負っちゃって。ブラックだったし耐えられなくて辞めたところです。こんな体質じゃなかったら、もうちょっと普通に生きられたのかなあ」

一ノ瀬悠は相槌《あいづち》を打ちながら聞いている。水城さん以外に同じものが視える人なんて出会ったことなかった。生きている中で、同じ能力を持った人と会えるのは嬉《うれ》しいことではある。こんな会話ですら交わせるのが貴重で喜んでしまう。

とはいえ、ズンズンと奥に進んでいくので不安が増していく。もはや霊がとかではなく、遭難が心配になってきた。鬱蒼《うっそう》と葉が茂り、光の当たらない森は恐怖心を煽《あお》る。風が通る音が、誰かのうめき声に聞こえてくるのは空耳だ、と必死に自分に言い聞かせた。足も緊張からか上手《うま》く動かなくなってくる。そして私はついに情けない声をあげた。

「ねえ、そろそろ戻りません？」

「もうちょっと」

「十分見たよ、車の方行こう！」

「何、怖いの？」

「怖いですよ！」

馬鹿にしたように言ってきた白い背中に、ムッとして答えた。怖くないなんてこの性悪男ぐらいだ、普通は怖いに決まってる！

するると相変わらずこちらを見ることもなく、一ノ瀬悠は言った。

「摑《つか》んでていいよ、シャツ」

予想外の言葉が出てきて、私はつい滑って転びそうになってしまった。水城さんならともかく、あれだけ人に失礼な言葉を発していた一ノ瀬悠が、自分のシャツを摑んででいい、って。単純にも、ドキッとしてしまった。一応気遣ってくれたのか。

「で、ででは、お言葉に甘えまして」

変に嚙《か》んでしまった。意外と優しい所もあるのかもしれない。怖いし、はぐれないためにも彼に摑まっていたいのは事実だ。手のひらに浮かんだ汗を一度服でふき取ると、少し緊張気味に手を伸ばす。真っ白なシャツに指先が触れそうになった時だ。

突然自分の肩が引っ張られた。誰かに摑まれたと瞬時に分かり、反射的に叫び声が上がる。滑って転びそうになる私を、背後から怒鳴る声がした。

「お前、どこいくんだチビ!!」

はたと止まる。

その声の方を振り返ってみる。あったのは、額から汗を流している一ノ瀬悠の顔だった。怒っているように目を吊《つ》り上げた彼は、見間違いなんかじゃない。

自分の喉《のど》から掠《かす》れた声が漏れた。すぐに前方を見てみると、先ほど私が手を伸ばして掴もうとしていた人はどこにもおらず、ただ嘲笑《あざわら》うかのように木々が揺れているだけだった。私は呆然《ぼうぜん》と立ち尽くす。

いつから？　どこから？

「気がついたら後ろから居なくなって一人でどっか歩き出して。呼んでもちっとも振り返らねえの。完全に呑《の》まれてんじゃねーかよ」

「……一ノ瀬、さん？」

「お前、何に付いてきた？」

「私が何で前の職場を退職したのか、知ってます……？」

「はあ？　知るか」

呆《あき》れたように言う彼の言葉を聞いて、ヘナヘナとその場にしゃがみ込んだ。このまま歩き続けたらどうなっていたのだろう。あのシャツを掴んでいたら？　そう想像するだけでゾッとする。私は悲痛な叫び声を上げた。

「い、一ノ瀬さんの背中を追って来たんですよ！　会話もしてたし」

「あーあ。お前ほんとすげーのな。ちょっと同情したわ。気ぃ抜くな、こっちだ馬鹿。こんな奥まで入って行きやがって」

彼は嫌そうに私を立ち上がらせる。脱力した私は、服を引っ張られながらふらふらと今来た道を戻る。一ノ瀬悠は私を引きながらため息をつく。

「俺が気づかなかったらお前は白骨死体化してた」

「やめてくださいよ～……」

「引き寄せやすいのもだけど、性格が単純なのもいけねーんだよ。騙《だま》されやすいとかよく言われないか？」

「言われたことある……」

「見るからにそうだもんな、お前」

馬鹿にするように鼻で笑われた。だがその憎まれ口にも言い返す気力がない。思えば、シャツを掴んでていい、なんて優しすぎたんだ。気づかなかった自分が間抜けだったと心の底から反省し、今後はもっとよく状況を観察することを誓う。

その後、なんとか二人で車が見える位置まで辿《たど》り着いた。迷子にならなくてよかったと安堵《あんど》する。もう早く帰りたい。そんな気持ちでいっぱいだった。

しかし突然、一ノ瀬悠が足を止めた。転びそうになったのを堪《こら》えて私も立ち止まる。彼がどこかをじっと見つめていることに気が付き、私もそちらへ目を向けてみると、幹が太い木の陰に、誰かが隠れるようにしゃがみ込んでいた。少しだけ髪の毛が見える。黒髪のロングヘアのようだった。どう見ても、女性である。

じっと目を凝らしてみるけど、隠れてよく見えない。でもこんな場所に一人でいるのだ、生きている者じゃないのは確実だろう。私が一ノ瀬悠を見上げると、彼は考えるように目を細め、私に小声で言った。

「少しだけ近づく。俺は近くに行きすぎると逃げられるかもだから」

そしてそっと足を踏み出した。私はもう耐えきれず、一ノ瀬悠のシャツの袖《そで》を強く掴む。彼は集中しているためか、特に何も言わなかった。

少し女性に近づいたところで立ち止まる。木までほんの二メートル、というところか。髪以外に、スカートの裾《すそ》らしきものが少し見えた。

「あんたそこで何してんの？」

隣にいる男が突然そう声を掛けたため、私はギョッとした。まさか、直接訊《き》いちゃうの⁉　そもそも会話が可能なのか……って、そういえば一ノ瀬悠は元は幽霊なんだから、幽霊同士なら出来るのだろうか。

「何で死んだの？　何がしたくていんの？」

さらに質問を重ねる。すると、向こうからボソボソッと声が漏れてきた。が、ここまでは届かない。耳を澄ましてみるも駄目だった。彼は、はあと息を漏らすと、私に囁《ささや》いた。

「お前聞いてきて。俺が近寄るといなくなるかも。お前なら聞ける」

信じられない提案に口があんぐりと開いた。この鬼畜、私一人で近づいて、幽霊の声を聞いてこいって言ってんの⁉　そんなの怖くて出来ないに決まっている。

私は無言で首を振った。一ノ瀬悠は顎《あご》で指示する。また首を振る。顎で指示される。

またまた首を振る。

一ノ瀬悠は無言で私を見下ろした。その威圧感の凄《すご》いこと、身長が高いイケメンが睨《にら》むだけでこうも迫力があるものなのか。先ほど一応助けられたこともあり、私は泣く泣く従う。足音を立てないよう、そうっと木に近寄る。脚がプルプルと震えて躍っていた。

「あ、あのう……ここで何してるんでしょうかあ～？」

情けないぐらいひっくり返った声で尋ねてみる。木まで辿り着き、ひんやりしたそれに手を添えた。流石に回り込んで幽霊の顔を見に行く勇気はないので、なんとかここで声だけ拾えればと思う。近づいたことで、しゃがんでいる女の人の頭頂部が見えた。やはり黒髪のロングヘアに水色のスカート。顔は一切見えない。

じっと沈黙したまま時が流れる。これ以上近づく余裕もなく、どうしていいのか分からない。そのまま硬直していると、突然目の前の女の人がすうっと音もなく消えた。

「あれ⁉」

瞬《まばた》きをする暇もなかった。慌てて向こう側に回り込んで見てみるも、やっぱり女性は消えてしまっている。

「何も聞けなかった……」

伝えたいこと、なかったのだろうか。いや、途中で何かを呟いていた。一体何が言いたかったんだろう、聞き逃してしまったのが悔やまれる。

そう考えていると、突然耳元で声がした。

『私は　殺された』

全身全霊で叫んだと同時に、鳥が何羽か飛び立った。誰もいない山中に私の叫び声だけが響き、私はそのまま両手を挙げて地面を蹴《け》った。近くで待っていた一ノ瀬悠の下へ飛び込む勢いで走る。

「きききき聞こえたあああ！」

喉を痛めそうなほど絶叫しつつ彼の隣に辿り着くと、なぜかやつはお腹を抱えていた。

「笑わせるなよ、何で両手挙げてんだ。漫画かよ」

「私は無害ですよって霊に教えてんでしょうがあ！　聞こえましたよ、おお、女の人の声が！」

笑っている彼にしどろもどろに説明する。すると一ノ瀬悠は、笑いを止めて真剣な顔つきになった。殺されたという発言を聞き、考えるように腕を組みじっとしている。私はそんな彼に詰め寄った。

「ねえ！　殺されたっていうのなら、可哀想な相手じゃないですか。あの浄霊の部屋に連れてってあげましょうよ！」

「まあ、待て」

一ノ瀬悠は冷静に私を制するが、その態度に納得がいかず、さらに訴える。

「女の人が殺されたんですよ⁉　事故を起こすのは良くないにせよ、助けてあげたいじゃないですか！　水城さんだって、死因が可哀想だったりする霊は救ってあげたいって」

「判断するのは時期尚早だ、お前は本当に単純なんだな。幽霊が嘘をつかないとでも思ってるのか？」

「え。嘘つくんですか？」

一ノ瀬悠は小馬鹿にしたように笑う。

「お前より上手《うま》くつけるかもな。お前は絶対顔に出るタイプだ」

最後の嫌みは置いておいて、霊が嘘をつくなんてこと考えた事がなかった。今まで抱いていたイメージが変わってくる。思ったよりずる賢いやつもいるってこと？

一ノ瀬悠はポケットからスマホを取り出した。が、すぐに顔を歪《ゆが》める。

「圏外だ。お前は？」

「え？　あ、私も……」

「殺されたっていうなら事件として何か情報をつかめるかもと思ったんだけどなー。電波がつながるところまで山を下りるか、運転よろしく」

そう言った彼は気怠《けだる》そうに車に戻っていく。私を運転手扱いだと？　さっき霊の声を聞いたりしてこっちは疲れているというのに。ムッとして、私は後を追いながら文句を言った。

「山道の運転、疲れるんですよ！　一ノ瀬さんは免許持ってないんですか⁉」

「持ってない」

「うわーださ〜い、女にモテな〜い」

私がここぞとばかりに馬鹿にしてやると、くるりと彼が振り返る。明らかに鬱陶《うっとう》しそうな顔をして私を見た。

「いい根性だ。チビ、さっきお前を遭難寸前で助けてやった恩人は誰だ」

「言っておきますけど、私しか運転できない時点で立場はこっちが上です。置いて行っちゃうことも出来るんですよ？」

どや顔で返してやるが、一ノ瀬悠は涼しい表情で続けた。

「やれるもんならやってみろ。体は春斗の物だ、俺は痛くも痒《かゆ》くもない」

「性格悪い！　鬼畜！　口も悪いし本当に失礼な人だ！」

「お前も負けてねえよ。チビで色気もないんだからせめて性格ぐらい女らしくあれよ」

全く反省するそぶりのない男にメラメラと怒りが燃え上がる。つい数時間前に出会ったばかりの人間に、なぜこんなことを言われなくてはならないのだ。本当に置いて行ってやろうか。私は声の限り非難した。

「私だってあなたが失礼なこと言わなきゃもっと大人しくしてるし、なんなら水城さんみたいなかっこいい人の前なら言われなくても女らしく頑張るしっ、てゆうか水城さんの顔で変なこと言わないでよ、ほんと！」

「あ」

「せっかくのイケメンが台無し！　鼻毛出てるくらい台無し！　いやそっちの方がマシかもしれない、鼻毛出てても水城さんなら全然大丈夫だもん！」

息を荒くしてそう叫ぶ。周りに人もいないので、やけに声が反響した気がした。でも間違ったことは何も言っていない、これで少しは反省してほしい！

ぐっと睨みながら見上げると、どこか困ったように私を見ている人の顔が目に入った。彼は少し首を傾けて、私の顔を覗《のぞ》き込む。あれっ、と思っていると、彼は言った。

「ええっと、ごめん……その水城の方になりました」

同じ声だけど柔らかさが違うその言い方に、意識を手放しそうになった。実際、一回昇天したかもしれない。

なんつーとこで入れ替わってるんだ、あの男！　水城さんの前で鼻毛とか言っちゃったじゃん、めちゃくちゃ大きな声で言っちゃったじゃん……！

一気に顔が真っ赤になった。顔から火が出る、という表現は今みたいなことを言うんだなと学んだ。私はしゃがみ込み、膝《ひざ》に顔を埋める。頭上から水城さんの申し訳なさそうな声が降ってきた。

「ごめんね、悠のこと説明する前に替わっちゃったから……戸惑ったよね。しかもあいつ口が悪くて」

「……はい、最高に」

「でもあんなに言い返してたの、藤間さんが初めてで……ぷっ、本当に面白……ははは」

笑い声が聞こえて来て顔を上げる。目を細め、笑いをこらえるように震えている水城さんがいた。少しして、ついに大きな声で笑い出す。お腹を抱えている彼の笑顔は、ドキッとしてしまうほど可愛らしい。どこか子供みたいな笑い方に、またしても見惚《みと》れてしまった。

しばらく笑い続けた水城さんは、涙を拭《ふ》きながら言った。

「ごめん、笑ってる場合じゃないのにね。でも二人の様子が本当に面白くって。藤間さん、無茶苦茶な事ばかりだったのに付き合ってくれてありがとう。ほら、立ち上がって。霊の情報も少し手に入ったし、休憩しに行こうか。僕は免許あるから帰りは運転するね」

そう言って手を差し出してくれる。さっきまで憎らしい言葉を放っていた人が、あんまりにも優しい顔で微笑むものだから脳が混乱する。同じ体なのに、中身が違うと、こうも雰囲気が変わるものなのか。私はそう考えながらおずおずと手に摑《つか》まる。大きくて熱い手にドキドキが止まらない。立ち上がった私たちは、そのまま車に乗り込んだ。

置きっぱなしの漫画をどかして助手席に座る。ちらりと隣を見ると、ミラーの位置を直している水城さんが目に入る。それだけの様子があまりに絵になるものだから、ああ水城さんはやっぱり素敵だ、と痛感した。

「ずっと運転させてごめんね。とりあえず下って、どこかで食事でもしない？　霊のことはそこで調べよう」

「あ、はい！」

「動くね」

スムーズに車が動き出す。やはり水城さんらしい安全運転で、心がほっとした。来た時とはまるで違う穏やかな車内。リラックスして息を吐いた。

ただ、私は気づいていた。

「水城さん」

「うん？　確か来るまでの道に小さな喫茶店があったと思うんだけど」

「道、反対です」

下って、って言ったのに、なぜこの人は上がっているのだろうか。一ノ瀬悠が言っていた言葉を思い出す。ドがつく方向音痴……あながち嘘ではないらしい。私の言葉を聞いた水城さんはゆっくり停車する。そして頭を掻《か》きながらナビを操作した。

「ほぼ一本道だから大丈夫と思ったんだけどなあ」

残念そうに言う横顔が面白くて笑った。イケメンにも弱点ってあったんだ。可愛いから全然いいや。

四

水城さんの言った通り、しばらく山を下りたところに、小さな喫茶店があったのでそこに入った。時刻は十五時、そういえば昼食を摂《と》ることをすっかり忘れていて、お腹がぺこぺこになっていた。午前中、公園で水城さんと出会って家にお邪魔し、一ノ瀬悠にいきなり運転を命じられてここまでやってきたのだ、疲労感もなかなかのもの。今日一日で色んなことが起こりすぎている。

店内には客が三組いるだけだった。あまり広くないフロアの一番奥、テーブル席に腰掛ける。他の人たちは常連なのか、コーヒーを飲みながら店員と和やかに話したりしている。地元で愛されている喫茶店、という感じだろうか。

美味《おい》しそうなホットサンドと飲み物を注文する。水城さんも同じメニューを頼んでいた。喉《のど》も渇いていたので、出されたお水を一気に飲み、落ち着いて息を吐いたと同時に、正面に座る水城さんと目があう。ニコリと笑いかけられ、目も眩《くら》みそうな笑顔に顔が赤くなった。こんな恰好《かっこう》いい人と食事なんて人生で初めてである。もじもじしている私を気遣ってくれたのか、彼から話しかけてくれた。

「そういえば、藤間さんって何歳？」

「あ、私は二十四歳です。水城さんは？」

「僕は二十六。少し年下だったんだね」

「水城さんは大人っぽいから上かな、って思っていました！　あのデリカシーのない人はいくつなんですか、小学生ですか？」

目を据わらせて一ノ瀬悠について尋ねてみると、水城さんは声を上げて笑った。

「あはは！　悠も僕と同い年だよ。僕たち、まだ名前くらいしか知らなかったね。なのに突然こんなところに連れてきて本当にごめん。まずはお互いを知るのはどうかな。聞きたいことがあれば聞いて」

優しい笑みを浮かべて言った水城さんの顔にうっとりと見惚《みと》れ、スキンケアは何をすればそんな美肌になれるんですか、なんて馬鹿げた質問をしそうになったのをなんとか堪《こら》えた。まずはもっと訊《き》くべきことがあるだろう。

「えっと、水城さんはずっとこの仕事をしてるんですか?」

「そうだよ。あの家は元々祖父が造った、って話はしたよね。うちは代々霊が見える一族らしく、昔は祓《はら》い屋なんてものをしていたらしい。ところが、祓う能力が時代と共に弱まってきてね。祖父が生まれた頃には、一家は祓い屋などではなく普通の農家として暮らしていたんだ」

水城さんは物語を話すように穏やかな口調で説明する。確かに、彼も見えるが祓う力はないと言っていた。私は話に集中して耳を澄ます。

「だが、祖父は生まれつきとんでもなく強い力を持っていた。それで両親……つまり僕の曾祖父《そうそふ》たちは、祓い屋を再開した。困ってる人たちやさまよえる霊たちを助け、その名を轟《とどろ》かせたんだ。でもその後、祖父に生まれた息子には、視る力はあっても祓う能力はなかった」

つまりは水城さんのお父様ということか。水城さんと同じような能力だったのだ。彼は一旦《いったん》水を喉に流し込み、昔話を続けた。

「祖父は悩んだ。そこで、祓う力がなくても霊を救える方法を考えた。それで思いついたのが、霊たちの居場所を作ってあげること」

「それであのお家を造ったんですか？」

彼は頷《うなず》く。

「まずあの土地にとても強い結界を張った。祖父が死んでも消えることのない強力なものだ。さらには、選び抜いた木材に、三日三晩寝ずに力を込め続け、それらを使ってあの部屋を囲った。あの家はそうやって、迷える霊たちの救いの場となれるよう心を込めて造られたんだ」

そこまで話して、水城さんは目を細めた。その声には尊敬の念が込められていて、おじい様のことが好きだったのだろうな、とぼんやり思う。一体どんな人だったのだろう。きっと水城さんに似た穏やかな人だったに違いない。

「おじい様は凄《すご》い力を持っていたんですね！」

「そうなんだ。ただ、僕は最初この話を聞いたとき思ったわけ。それほどの力があるのなら、悪霊すらズバッと除霊出来るような代物を作ってくれたらよかったのに、ってさ」

「あ……言われてみれば。さすがのおじい様もそれは難しかったんでしょうか」

「ううん、祖父はあえて作らなかったんだ。そんなものがあったら、良い霊まで一律で祓われてしまうかもしれないと危惧《きぐ》したらしい。悪用する人だって出てくるだろう。だから祖父は、部屋があるだけでは解決できないように、そこに必ず子孫たちが働きかける必要があるようにしたんだ。そして、手に負えない悪霊はちゃんと祓う能力がある人に回せばいい、ってね」

水城さんは微笑んで言った。なるほど、簡単に祓えてしまっては駄目ということか。楽をせずに霊のことを考え、色々苦労して初めて解決できる。それほど霊という存在を大事にしていたんだなと感心した。

「という具合で、僕は小さい頃から父に教わりながら霊と関わってきた。一応普通の人間としても生きていけるように大学は出たけど、そのあとは父の跡を継いで部屋の管理と心霊相談の仕事をするようになって、今に至るんだ。看板も置いてないし積極的に宣伝もしてないけど、口コミで依頼は後を絶たないよ。今も昔も心霊現象に困ってる人は多いみたいだね」

私は感嘆のため息を漏らした。自分の知らないこんな世界があったなんて。同時に、今まで霊のことなんて考えてこなかった自分を恥ずかしく思った。俯《うつむ》いていると、彼はどうしたのと言わんばかりに顔を覗《のぞ》きこんでくる。落ち込んだのを悟られないように、私は慌てて話題をそらした。

「え、えっと。それで一ノ瀬さんが言ってたことは全部本当なんですよね？　あの人は幽霊で、水城さんの体に乗り移ってるって」

「うん、嘘じゃない。一番大事なところを説明してなくてごめん。僕は悠と時々入れ替わる。でも圧倒的に僕でいる時間の方が長いよ。元は僕の体だから……って、あいつが遠慮してるせいかもしれないけど」

それを聞いて、来る時に車の中で漫画を読み、車酔いしていた一ノ瀬悠を思い出す。私は馬鹿だなって思っていたけど、時間を有効に使いたいんだって言っていた。もしかして、自分が水城さんの体を使える時間は少ないから、やりたいことをやっていたのだろうか。

「とゆうか、そもそもなんで幽霊に体を使わせるのを許してるんですか？　浄霊の部屋もあるんだから、眠らせてあげればいいのでは」

「うーん、話せば長くなるんだ。悠は元々僕の友達でね。死んでしまった後、話し合ってこの形を取るようになったんだ。悠の体質を使って事件を解決できるし、お互い利益もあるから。ただ、この生活を始めたのはまだほんの一か月半前で、実は僕らもまだ慣れてない。藤間さんも混乱するだろうけど、大目に見てやって。あいつ、口は悪いけど根はいいやつなんだよ」

いいやつ、というところは納得がいかないので首を傾げたが、水城さんは笑っている。

水城さんは素敵な人だ、だから最初は働いてもいいかなって思った。霊に対しての考え方にも感銘を受けた。でも、あの一ノ瀬悠の相手もしなきゃいけないのかと思うとやっぱり大変だ。仕事を受けようかどうかは正直迷っている。そう悩んでいると、水城さんは思い出したように言った。

「そうそう、給料の話をしてなかったね。家に帰ったらちゃんと労働条件の書類もあるから見せるけど……とりあえず月給は、これくらいかな」

スマホに数字を打って私に見せる。あまり期待せずにそちらを見た瞬間、私は画面を二度見、いや三度見した。目玉がこぼれてしまうかと思った。そこには、残業しまくっていたブラック企業時代に勝るとも劣らない金額があったのだ。瞬《まばた》きを忘れて数字に見入った。

「特殊な仕事だからね。こうやって遠出して怖い思いもしなきゃいけない。事件解決の多さによっては特別手当も出します」

涎《よだれ》が垂れそうになる。中途採用で、こんなにいい給与を出してくれる所なんてそうそう見つからないだろう。かなりいい。いい話なのだ。

「で、でも私、本当に同行してるだけですけど？」

「いるだけで霊を引き寄せてくれるでしょ？　最後に会った女性も、多分悠一人だったらなかなか会えなかったよ。藤間さんがいたから、あんなにすぐターゲットに会えた。しかも声まで聞いてくれちゃって、その働きは十分。でももう少し藤間さんが考える時間が必要かな？　あ、ホットサンドが来たね」

水城さんの言葉の通り、ちょうど料理が運ばれてくる。ホカホカのホットサンドを見ながら、迷いで頭がいっぱいになる。

イケメンいい人の水城さん＋よい給料　vs.　失礼男＋怖い体験

……とりあえず食べよう。空腹時に何かを決断するのはよくない。私は口一杯にホットサンドを頬張った。チーズがたっぷり入っていて美味《おい》しい。私は美味しいものを食べると機嫌がよくなるタイプだ。だがほくほく顔で食べている私をよそに、水城さんは何やら真剣な顔でスマホを見ている。

「あれ、水城さんは食べないんですか？」

「ちょっと調べ物。気にしないで先に食べててね。お腹空《す》いてるでしょ」

お言葉に甘えて食事を続ける。そして私のお皿がちょうど空になる頃、ずっとスマホで何かを調べていた水城さんがようやくホットサンドに手を伸ばした。彼は齧《かじ》りながら言う。

「さて、さっきの霊の殺された発言だけど、調べたら意外とすぐに分かった。これ見てみて」

水城さんがスマホを私に差し出す。覗き込むと、数年前の記事のようなものが見えた。

『午前一時ごろ、山中で女性二人の遺体が発見され』……

「え、二人ですか？」

驚きで声を漏らした。

「うん。というのもね、友達同士でドライブしてたみたい。もしかして肝試しとかかな？　車通りもあんまりない山道だからね。そこで運転していた方が誤って、もう一人の友人を轢《ひ》いてしまったらしい」

予想外の状況に言葉を失くした。ということは、さっき会った霊は轢かれてしまった方の女性だろうか？　水城さんは淡々と記事の内容を読み上げる。

「一人は大宮雪乃《おおみやゆきの》さん。あとは遠藤《えんどう》ひよりさん。このひよりさんが、車に轢かれてしまった方ね」

「なるほど。では、雪乃さんって人はどうして死んでしまったんですか？」

「この記事を読む限り、誤って轢いてしまった後、助けを呼ぶために山を下りようと急いだのかな。ほら、あそこ圏外でしょう？　電波が届くところに行きたかったのかもしれないね。そのまま自分も衝突事故を起こしてしまったみたいだよ」

その光景を想像してゾッとした。悲劇に悲劇が重なっている。あまりに悲しい出来事だ。

「な、なんて悲惨な……」

「詳しい事は今、他の人に調べてもらってる。少ししたら送られてくると思うよ」

他の人、という発言が気になったが、もしかして情報を調べてくれる協力者などがいるのだろうか。だがそれよりも事故のことが気になったので、私は続けた。

「それで山中に二人の遺体ですか。一人は車の中で、もう一人は道に倒れてたってことですね。じゃあ殺されたって言ってたの、きっとひよりさんだったんだろうなあ……」

「そうだろうね。顔写真見る？」

水城さんが何か操作して再びスマホの画面を差し出す。そこには写真に写る黒髪の女性二人の姿があった。だが、残念ながらさっきは顔《ひど》が見えなかったので見覚えのない人たちだ。事故で亡くなったのなら、もしかして酷い怪我を負ったりしているかもしれない。むしろ見えなくてよかったのかも、と思ってしまった。

私は水城さんに言う。

「でもこれで、やっぱり殺されたっていう発言は嘘じゃないってわかりましたね！　可哀想ですし、浄霊の部屋に連れ帰ってあげますか？」

てっきり、『そうだね』という返事が戻ってくると思っていた。だが、水城さんはホットサンドを食べながら考え込むように遠くを見ている。私は黙ってその様子を見ていた。私なら、予想外のところで車に轢かれちゃったなんて死因、可哀想だから助けてあげたいって思ってしまう。でも、現実はそんな甘くないのかな。生前、実は凄《すご》い悪人だった、とか。でもそんなこと、どうやって調べるというのだろう。

私の考えが伝わったのか、水城さんがこちらを見て寂しげに笑った。

「うん、ひよりさん、連れて帰れたらいいんだけどね。気になることがあるからもう少しだけ待とうかな」

そう言われれば私は何も言えない。話題を逸《そ》らすように言った。

「雪乃さんもあそこにいるんでしょうか？　さっきはひよりさんしか見つけられなかったけど……友達を轢いちゃったっていうのも、辛《つら》いですよね」

「そうだね。もしかしたら雪乃さんもいるかもね。二人のどちらが頻発する事故に関係しているかは分からない。少なくともさっきのひよりさんは結構強い霊に思えたよ。怒りが伝わってきたからね、ああいう感情は周りを巻き込むから」

そう言った水城さんの手元を見ると、いつのまにかサンドイッチを食べ終わっており、コーヒーを優雅に飲んでいる。私もすっかり存在を忘れていた紅茶を飲んだ。お腹が膨れて気分がいいし、静かな喫茶店は心を落ち着けてくれる。お洒落《しゃれ》なカフェもいいけど、たまにはこういう場所も悪くないなと思った。

「さて。藤間さん、家まで送るね」

少しして水城さんが言った。驚いて彼を見る。

「え、帰宅ですか？　現場にはもう行かないんですか？」

「うん、また後で僕一人で行くよ。まだ働くかどうかも決まってない藤間さんを振り回して、怖い思いもさせちゃったから、今日は君はこれくらいにしておこう。返事はまた後日でいいから」

なんて優しい！　感激で震えた。

柔らかく微笑んでくれた水城さんに、うっとりとした。顔ではなく、その心遣いにだ。人に運転させて山に連れてきたどっかの誰かとは全然違う。私の事を考えて、一度家まで送ってくれるなんて。水城さんって顔もいいし優しいし、方向音痴以外の欠点がなさすぎる。ありがたく提案を受け入れようとして、心の中で迷いが生じた。

ここに来るまで片道一時間かかった。私を家まで送って、また来るとなれば計二時間だ。さすがに時間を無駄にしすぎではないだろうか？　とはいえ、またあの山道に戻るのもなあ……そうだ、いっそ山には水城さん一人で行ってもらって、私はこの喫茶店で待ってようか。そして帰りに拾って貰《もら》えば。うん、いい案だ！　私は自画自賛し、明るく提案した。

「水城さんの時間と労力が無駄になってしまうのは申し訳ないですから、私ここで待ってますよ。水城さん、ゆっくり見てきてください」

「え、結構待たせると思うよ。いいの？」

「大丈夫です！　デザート頼んだりして待ってます！」

「優しいんだね」

そう笑う水城さん、あなたですって優しいのは。天使がここにいるではないか。

「そうと決まれば、このコーヒーだけ飲み切って行ってこようかな」

「ゆっくりで大丈夫ですよ。あ、私お手洗いに失礼します」

コーヒーを飲む水城さんにそう断りを入れて、私は席を立った。くずれた化粧もなんとかしたいと思い、鞄《かばん》も手にする。一ノ瀬悠の前じゃ化粧なんてどうでもいいが、水城さん相手なら別だ、女子力発動。ちらりと辺りを見回し、一番奥にトイレのマークを見つけた。早速向かうと、扉が一つひっそりと見えた。男女兼用らしい。小さな店だから仕方がない。

すぐさま扉を開けて中に入ると、右手に手洗い場が見えた。磨かれた大きな鏡にペーパータオル。掃除は行き届いているように見える。さらに奥に、閉まっている扉がひとつあった。そこに個室があるのだろう。鍵《かぎ》の表示が青なのを確かめて、私は近づいて手を伸ばした。

その途端。かちゃりと音を立てて、鍵の色が青から赤に変わった。誰かが丁度入ったばかりだったようだ。個室は一つしかないので順番待ちをするしかない。

では先に化粧を直してしまおうか、と思い、鏡に向かって立った。鞄から小さなポーチを取り出し、暑さで浮いてきてしまったファンデーションをなんとかしようと足掻《あが》く。パウダーを肌にのせつつ、やけに静かだなと首を傾げた。こう、服が擦《こす》れる音だとか、トイレットペーパーが回る音だとか、そういうものがまるで個室から聞こえてこないのだ。気分が悪いとかじゃないといいのだが……。

ちらりと個室を見ると、やはりしんとしている。ポーチをしまうと、そちらに歩み寄った。ノックしてみようかと思ったのだ。すっと手を出した時、かちゃっと音がした。視線を落とせば、鍵の色が青になっていた。

あ、出てくるのか。物音が全然しなかったけど、中で化粧でも直していたのだろうか。女とは面倒なもので、トイレの個室の中で化粧を直したり、ストッキングを穿《は》き替えたりすることもある。今回もそういうパターンかなと思い、とりあえずドアから離れて開くのを待った。

誰も出てこない。

「……あれ？」

そこまできて急に焦り始める。もしかして本当に気分が悪くて倒れているのかな？

声も出せなくて、なんとか鍵だけ開けたのかもしれない。慌てて駆け寄り扉をノックした。

「大丈夫ですか？」

しんとしている。やっぱり倒れているのかも。そう思い、すぐに扉に手を掛けて押すと、想像していたのとはまるで違う光景が広がっていた。

誰もいなかった。

よくある洋式の便器に、奥には小さな窓が開いている。縦二十センチ、横三十センチほどの窓で、人が通るのは間違いなく不可能なものだ。しんとしたその狭い空間には、人がいた気配すら感じられない。頭が真っ白になり立ち尽くした。

誰もいない？　でも、目の前で鍵が閉まったり開いたりしたのを確かに見た。音だって聞いた。でも今私の前には、誰もいない。

「……た、立て付けが悪くて勝手に鍵が動いたのかなあ！」

自分を励ますように、やたら大きめの声で独り言を言った。そんなわけないだろうと頭ではわかっていた。でもそう思うしか、他に自分を保てる方法がなかったのだ。鍵が緩くて動きやすいんだ、そうに違いない。となれば、誰もいなかったのだからトイレに入って用を足せばいい。

でも、ここに入れる勇気の持ち主はいるだろうか。心は恐怖で埋まり、今すぐにでも逃げ出したい気持ちで一杯だ。でも生憎《あいにく》、この喫茶店にはトイレが一つしかない。これから水城さんを長い時間待つことになるだろうし、ずっと我慢するのは無理だろう。しばしそのまま悩んだ挙句、私は己を奮い立たせて個室に入った。鍵を掛けてみると、重くしっかりした鍵で、それがまた自分を絶望させた。

すぐに済ませて出よう。そう決心し素早く動く。無駄な動きを一切省いて終え、衣服を整える。水を流すために振り返ったとき、先ほどと何かが違うことに気がついた。何の変哲もない便器と壁。その後ろに小さな窓。

「あ……」

殆《ほとん》ど声にもならない情けない音が、唇から漏れた。

少しだけ開いていた窓の端に、白く細い指が見える。わずかに動くその動きはうじ虫のようで、生きている人間のものではないのが明らかだった。こちらの様子を窺《うかが》うようにウネウネと動いている。私はふらりと体をよろめかせ、扉に背をつける。ひんやりとした温度が伝わり、それが私を冷静にさせてくれた。ここから出よう、今すぐに。

だが自分の視線は指から離れない。囚《とら》われているように、瞬《まばた》きすら出来ずそれを眺め続けた。怖い、逃げたい、なのに離れられない。すると次に、指の隣に、黒いものが見えてきた。それが、誰かの髪の毛だと理解するのにそう時間はかからなかった。ゆっくりゆっくり、頭が出現してきているのだ。窓の下から生えるように、頭部が見えてくる。

見るな、見ちゃだめだ！

恐怖に全身を震わせながら何度も呟《つぶや》く。自分の体が言うことを聞いてくれない。頭は眉《まゆ》が見えそうなところまで出てきていた。そして意識が吹っ飛びそうになった時、少し離れた場所で扉が開く音がした。誰かがトイレに入ってきたのだ。

人が来たことにより、はっと体が自由を取り戻した。慌てて鍵を開けて扉を開ける。向こうから見たら、恐怖で顔を真っ青にさせた人間が個室から出てきて、さぞかし驚かせてしまうだろう。だがしかし、てっきり順番待ちの人が個室の扉の前に立っているのかと思いきや、どう見てもそうは思えない恰好《かっこう》で誰かが立っていた。

出口の扉に向かって、一人の女性が佇《たたず》んでいる。

微動だにせずただ立っている。その姿だけで、異様さを感じ取れた。長く垂れた黒髪、淡い色のスカート。酷《ひど》く顔を俯《うつむ》かせ、私に背を向けて立っている。落ち着いたはずの心臓が、再び痛いほどに鳴り出し、警告音のようにも聞こえた。助かったと思っていたのに、まだ恐怖は終わっていなかったのだ。

もはや呼吸すら規則的に行えないほど、自分の体は強張《こわば》ってしまっている。逃げ出したいのは山々だが、唯一の出口前に立たれては何も出来ない。どうしていいか分からず、迷ったが後ろを振り返ってみた。いつのまにか窓の向こうにいたモノは消えている。窓はやはり小さく、どう考えても外には出られない。

ここから逃れるにはどうしたらいいのか。焦りながら再び前を向いた時だ。

「ひっ！」

女性の背中が近づいていた。

扉前にあったはずの後ろ姿は、今手洗い場の前まで来ている。一瞬の隙に迫ってきたのだ。ああ目を逸《そ》らしては駄目なんだ、と分かる。ガクガクと脚が震え、言うことを聞かない。大声を上げて水城さんを呼んでみようかと思ったが、もはや声すら出せそうになかった。金縛りにあったように動くことも出来ず、愕然《がくぜん》と黒髪を見つめるしかない。しかしその時、耳に微《かす》かな音が届いた。苦しげな、切なげなその音は女性の泣き声だった。啜《すす》り泣くような悲しい声。不思議と泣いているのだとわかった途端、恐怖心が少し薄れた。

悲しみを押し殺すような声につい、私は声を掛けてしまった。

「どうしたん……ですか？」

震えて声は裏返ってしまった。でも、身動きもとれないし、他に出来ることがない。

「何か、悲しいんですか……？」

再びそう尋ねると、黒髪が揺れた。女性が頷《うなず》いたのだ。そしてまた声が響いてくる。

『私は　殺された』

はっとする。なぜ気づかなかったのだ、この人はさっき山で会ったひよりさんではないか。木に隠れて顔もよく見えなかったのですぐに分からなかったが、このスカートに見覚えがあった。私に付いてきてしまったのだろうか。

「あ、あなた、ひよりさんですよね？」

私の質問に、彼女は頷いた。

「山の中で、車に轢《ひ》かれてしまったんですよね。突然亡くなってしまって悲しんでるんですか？　もしひよりさんが望むなら、ゆっくり眠れるいい場所を教えてあげられるんですけど……」

『いい　場所……？』

私の言葉に、ピクンと彼女の肩が動いた。

「そうです！　ずっと山にいるのも辛《つら》いだろうし。あそこで繰り返し起きてる交通事故は、ひよりさんが起こしてるんですか？　そうだとしたら、どうして……？」

『寂しくて……私を見つけて欲しかった』

「あ、そうか」

ホッとする。寂しくて、あの道を通る人たちに声を掛けていたのかな。結果的にびっくりした人たちが事故を起こしてしまったけど、悪意がなかったなら悪い霊じゃないはずだ。

『行きたい　あなたと　一緒に行きたい』

懇願するような切ない声に、胸が苦しくなった。死んでからも山の中で彷徨《さまよ》うなんて、寂しいに決まっている。浄霊の部屋でゆっくりしてもらいたい。

「待っててくださいね、水城さんに」

言いかけた時、突然トイレの扉が開かれ、それと同時にひよりさんは音もなく消えてしまった。あっと声を上げる暇もなかった。代わりに中年のおばさんが中に入ってきて、立ち尽くしている私を見て不思議そうに首を傾げた。はっとして慌てて手を洗う。ちゃんと生きているおばさんは、そのまま個室へと入っていく。特に異変もなく、彼女は普通にトイレを使っているようだ。私は冷水で石鹸《せっけん》を手から流しながら、今あった出来事を思い返していた。

ちゃんと話が聞けた。ひよりさん、やっぱり寂しくて悲しんでるんだ。なんとかしてあげたい。今まで、霊に憑《つ》かれても、ただ人に頼んで祓《はら》ってもらうだけだった。その霊の気持ちや悲しみなんて考えたことなかったけど、もしかしてみんな、私に何かを伝えたかったのかな。そう思うとやるせない。

ぐっと顔を上げ、ペーパータオルで雑に手を拭《ふ》くと、勢いよくトイレから飛び出した。席に座ったままの水城さんに一直線に向かっていく。彼は私の姿を見て、ホッとしたような顔になった。

「藤間さん。遅いから気分でも悪いのかと」

「やっぱり私も行きます、もう一度」

「え、急にどうしたの」

ぽかんとした表情の水城さんに、私は頷いて再度決意を口にする。

「私も行きます。雪乃さんの霊もいるかもしれませんよね。雪乃さんとひよりさん、二人とも眠らせてあげたいです」

「何かあったの？」

目をぱちくりさせる水城さんの正面に座り、今あった出来事を簡単に説明した。泣いていたひよりさんは寂しがっていて、悪い霊ではなさそうだということ。浄霊の部屋へ連れて行って眠らせてあげたいと強く思ったこと。水城さんはじっと私の話を聞いている。早口で説明し終えると、私は水を一口だけ飲んで続けた。

「すごく悲しそうに泣いてて……見てるこっちも辛かったです。助けてあげたいって思いました。ひよりさんもああなら、雪乃さんって人も同じように悲しんでるのかも。捜してあげたいって思ったんです！」

強い口調で言う私に、水城さんは優しい眼差《まなざ》しで頷く。

「優しいな。君のいいところなんだろうね」

「い、いやあ、全然そんな」

「わかった、じゃあ暗くならないうちに一緒に行こうか。追加の情報も届いたから、車中で教えるね」

立ち上がった水城さんは自然な動きで伝票を取った。慌てて荷物を持って後を追ったが、こちらがお財布を出す暇もなくお会計まで済ませ、そのスマートな振る舞いにうっとりと見惚《みと》れたほどだった。

ちなみに車に乗り込み、駐車場を出た直後、彼はまた反対方向に進んでいった。私に指摘されると『一度通った道だから大丈夫かと思ったのに』と残念そうな顔でナビを入れた。こんなに方向音痴なのに、なぜか最初はナビを利用しないで行こうとするところだけ、この人は残念だ。

五

車で再び山道を戻っていく。空を見上げてみると、ずっと青空でいい天気だったというのに、いつのまにかどんよりとした重い雲が覆っていた。もしかしたら一雨降るかもしれない。一ノ瀬悠と通った時は随分明るく見えていた道も、雲のせいでずっと暗く見えた。空の色が違うだけでこんなにも景色が変わるのか、と驚くほどだ。カーブの多い道を安全運転でゆっくり進みながら、水城さんは言った。

「調べてもらっていた結果が届いたんだけど、やっぱりね、さっき話した説が有力みたい。雪乃さんが誤って友人であるひよりさんを轢いてしまって、助けを呼びに行こうとして自分も事故死してしまったっていう」

「そうなんですか」

「とはいえ、もちろんこれは状況的に見て、ってこと。もう本人たちは亡くなってしまってるし確かめようがないんだけどね」

「轢いちゃったのは雪乃さんが悪いですけど、出来れば二人とも安らかに眠らせてあげたいですねえ……」

私はしみじみとそう言ったが、隣の水城さんは返事をしなかった。気になって横を見ると、彼は考えるように正面をじっと見ながらハンドルを操作している。

「どうしました？」

「うーん、色々気になるなって思ってさ。まず、ドライブに来るのはともかく、あんな山中で車を降りるかな？　この事故が起こったときは、木村さんのキャンプ場ができる前だから、今よりさらに交通量は少なかったと思う。肝試しにしても、もっと相応《ふさわ》しい場所があるよね」

「まあ、そうですね」

「ひよりさんは殺されたって言ってたんだよね？　そりゃ車で轢かれたのは殺されたにはなるんだけど、仲がよかった友達相手に殺されたって言うかな？　轢かれた、でいいんじゃないかな。あとは何より、雪乃さんが間違って轢いてしまったまではわかる。けどその後、友達を放置して山を下りようとするかなって」

真剣な眼差しで言った水城さんの言葉を聞いて、言われてみればそうかもしれない、と思った。救急車を呼びたくても電波がなかった、じゃあ電波の届くところまで……だとしても、大怪我を負った友達を置いていくかな。

「でも、怪我人や病人ってむやみに動かしちゃだめって言いますよね。だから一人で車に乗せるのは躊躇《ためら》ったのかも」

「まあ、一番思い当たる理由はそれだよね。でも僕ならなあ……夜中の山の中に置いていけるかなあ……」

もっともな意見だとも思う。私なら、なんとか車に乗せてそのまま移動しようとするかもしれない。その時にひよりさんがどんな状態だったかわからないけど、意識があったにしろ無かったにしろ、夜中の山道に置いてきぼりは辛い。

「……っていうこととかが引っかかってただけ。雪乃さんの霊もいれば話が聞けるかもしれないんだけどね。それは行ってみないと分からないな。案外雪乃さんの方は成仏してたりしてね」

そう言った水城さんの言葉を最後に沈黙が流れた。まあ、成仏していたならそれでいいんだけど、いずれにせよ私はどうも霊を引き寄せやすいのだし、しばらく山の中に立っていれば判明するだろう。

どんどん道を進んでいくが、相変わらず車通りは少なく、たまに対向車とすれ違うくらいだ。夜になればもっと減ることは確実だろう。やがてあのカーブが見えてきた。ガードレールがぺしゃんこになっているので一目でわかる。水城さんは私が先ほど停めたところに車を置き、エンジンを止めて二人で降りる。

さっきよりずっと気温が下がっている。肌寒さを感じるほどで、腕を自然と擦《さす》った。そんな私の様子を見て、水城さんは車に置いてあったと思われる黒いパーカーを貸してくれた。行動までイケメンすぎか。ありがたく借りて羽織り、一人でニヤニヤする変な女が誕生した。気を引き締めろと自分に言い聞かせていると、水城さんがあのガードレールに近寄っていくのが見えた。

「あ、水城さん、山の中は入らない方がいいと思います……」

「あー、やっぱりそうかな」

頭を掻《か》いて残念そうにしているが、これだけ方向音痴なんだから、山の中になんて入ったら一巻の終わりだと思う。私だってそんなに方向感覚が優れているわけじゃないのだ。彼は諦《あきら》めたように言う。

「じゃあとりあえず少しここで様子を見ようか。多分、藤間さんの体質なら向こうから来てくれるよ」

「そううまく行きますかねえ」

「だって現にひよりさんの方は二回も出てきたでしょう？　でも僕は分かるな、藤間さんはやっぱり優しいんだよね。そして、いい意味で信じやすく素直でもある」

「まあ、一ノ瀬さんにも騙《だま》されやすいって言われましたねえ」

遠い目をして応《こた》えると、水城さんが笑う。

「褒め言葉だよ。そんな藤間さんだから、霊は助けて欲しくて集まるんだ。逆に悠は嫌われるタイプだからね、君たちって真逆だよね」

「一ノ瀬さんは何で霊から嫌われるんですか？」

「悠は生前から霊的な力が強くてね。それが原因かどうか分からないけど、死後も霊としては強い力を持ってるんだ。だから、弱い霊は彼に近づけないことが多いみたい。そんな悠もいるのにあれだけ霊を引き寄せるんだから、藤間さんの勝ちだよね」

「そんなところで勝っても嬉《うれ》しくないです……」

「はは、ごめん。でも本当に藤間さんが来てくれて助かってるんだよ。この体になってから霊に近づけなくなっちゃって、初めは仕事にならないって困ってたんだ」

水城さんは一度ため息をついた。

「さっきも言ったけど、悠とは体を共有し始めてあまり時間も経ってないから、まだまだ問題が山積みでね。一番は、あっちはあれでも俺に遠慮してるし、多分罪悪感を持ってるってことかな。そんなこと考えなくていいんだけどね……友達だったのに、今が一番お互い気を遣ってる気がするよ」

どこか悲しげに水城さんが言った。そんな彼の横顔を見ながら、複雑な気持ちになった。こんな特殊な状況にいる人たちを他に知らないけど、やっぱり色々大変なんだ。そう思いながら、ふと疑問が口に出る。

「一ノ瀬さんは何で」

死んだんですか。

……そう言おうとして言葉をのみ込んだ。

流石にそんなこと、軽く訊《き》けるわけがないと思ったのだ。水城さんと一ノ瀬悠は、元は友達なんだし、水城さんの体に乗り移ったのだって何か深い事情があるに違いない。

まだ水城さんのもとで働くと決めてもいない私が首を突っ込んでいい話ではない。

黙り込んだ私に水城さんは何も言わなかった。私が言いかけたことを察したのかもしれない。そのまま時間はどんどん流れ、空はさらに暗くなってきた。今にも雨が降りそうだ。木々がざわめく音だけが耳に響き、どこか異世界に来たような感覚に陥った。

何となく体が重くて、ガードレールにもたれる。私にはだいぶ大きい水城さんの上着のファスナーを閉めた。気温がどんどん下がってきている。ぶるっと体が震え、自分の腕に鳥肌が立っているのに気づく。肩を丸めて腕を抱えた時、ようやく異変に気がついた。

異様な寒さだ。山だからって、この急激な温度の下がり方はおかしい。まるでここだけ真冬になっているよう。

何か、おかしい。

顔を上げて水城さんの方を見た。すると、彼は厳しい目でどこか一点をじっと見つめていた。私もつられるようにそちらに視線を動かしてみると、道路の反対側に一人の女性が立っていた。

長い黒髪だ。距離があって顔はよく見えないが、それがさっきトイレで会った人ではないとすぐに分かった。彼女はジーンズを穿《は》いていたのだ。ひよりさんは、スカートを穿いていたはず。ということは——。

「雪乃さん……？」

ポツリと声を漏らす。相手は動くことなく、ただじっとこちらを見ていた。泣くこともなく、話しかけてくることもなく、ただ距離を置いて見つめてくる。ぐんぐん気温は下がり、吐く息が白くなる。

隣の水城さんが声を上げた。

「そこで何をしてるんですか。言いたいことがあるのなら、話を聞かせてください」

雪乃さんは答えない。

「僕たちにどうして欲しいですか。教えてください」

やっぱり雪乃さんは答えない。今、どんな顔をしているのだろう、もっと近くに来てくれれば、表情も見えるのに。私は祈るように手を合わせた。こちらの望みは決まっている、出来れば二人とも安らかに眠ってほしい。悪い人たちじゃないはずだから。不慮の事故のせいで亡くなったんだから、きっとそうだよ。

私と水城さんはじっと返答を待った。するとだんだん、雪乃さんの姿が変わっていっていることに気がついた。まず右脚。パンツを穿いているそこが、じんわりと赤色に染まりだした。どんどんジーンズが赤色に染まっていく。瞬きも出来ずにそれを見ていると、腕からも出血が始まりだし、彼女の全身は瞬く間に血の色で染められた。ああそうだ、助けを呼びに行く途中で、雪乃さんも車の運転を誤って死んでしまったのだ。

彼女の体は痛々しさを増し、ついには頭からもドクドクと血が流れでて顔面に垂れた。私は手で口を覆い、悲惨な姿に息を呑《の》むしか出来なかった。いつのまにか腕がありえない方向に曲がっている。ジーンズはぼろぼろに破れていた。

「ゆ、雪乃さん……！」

見ていられなくなり、隣にいた水城さんの腕にしがみついた。彼が何か言おうと息を吸った時、今度は背後から何か気配を感じた。二人同時に振り返る。地面にしゃがみ込んで啜《すす》り泣くひよりさんがいた。両手で顔を覆い、しゃくり上げながら泣いている。悲痛な声に、私は何も言えなかった。

二人に挟まれ、動けないまま時間だけが過ぎていく。

心で祈る。二人とも苦しんでいるのなら、どうか安らかに眠って欲しい。生前は仲のいい友達だったのだから、手を取り合って穏やかに進むことが出来るはずだ。

そう思った時だった。ずっと何も通らなかった道に、突如、一台の車が現れたのだ。茶色の軽自動車が、目の前の道路を走っていく。その車が横切ると、雪乃さんの姿が一瞬で消えてしまった。

軽自動車は私たちの車の後ろに停車する。大きな音楽がかかっているようで、中から地響きのような重低音が漏れてくる。一体なぜこんなところに停めたのだろう？

私が車に近寄ってみようと足を踏み出すと、強く手首を掴《つか》まれた。振り返ってみると、難しい顔をした水城さんが私を止めていた。

「水城さん？　あの車は」

私の声に、彼は小さく首を振った。不思議に思い尋ねようとした瞬間、突如彼の綺麗《きれい》な顔が見えなくなった。水城さんが消えたわけではない、辺りが突然真っ暗になったのだ。驚きでつい反射的に小さく悲鳴を上げた。

「何⁉　急にっ、暗く」

「藤間さん落ち着いて。僕はここにいるから」

未《いま》だ私の手首を握ったままの水城さんが言った。声の方を見れば、確かにぼんやりと彼の顔が見え、少し冷静さを取り戻した。水城さんがいてくれるというだけで安心感が全然違う。私のパニックが落ち着いたのを見ると、彼が空を見上げたので私も倣う。そこにはなんと星が輝いていた。意味がわからなくてぽかんとしてしまう、さっきまで昼間だったのに、なぜ急に夜になっているのだ。

「水城さん？　一体何が起こって」

「しっ」

彼がそう言ったと同時に、どこからか声が聞こえてきた。耳を澄ましてみると、女性の声のようだった。静かな夜の山道には、虫の音と葉が擦《こす》れる音のみ。そういえば、いつのまにか軽自動車からは何も音がしなくなっていた。そんな中、高い女性の声はよく響く。

「待って、待ってよ！」

涙声でそう言っているのが聞こえる。そしてすぐに、もう一つ声が聞こえてきた。

「一晩ここで過ごしたらいーじゃん。それか歩いて行けば朝までに下れるだろうし」

「やだ、置いていかないでよ！　私何もしてないよ！」

「あんたが私の彼氏取ったんじゃん！　白々しいんだよ」

「と……!?　違うよ、突然告白されたけどもちろん断ったんだよ。私が何かしたわけじゃないって」

「どうせひよりが誘惑したんでしょ、わかってるんだから」

声はどんどん大きくなってきていた。最後にひより、という名前が出てきたことで、今何が起こっているのか瞬時に理解できた。私は息を呑んで体を硬くする。

これは、見せられているのだ。私と水城さんは、あの事故が起こった夜に連れてこられている。まだひよりさんたちが生きている過去の時間に。

二人の足音らしきものが聞こえてくる。私たちは息を潜めて集中する。

「本当にしてないよ！　雪乃、友達でしょ？　友達の彼氏取ったりなんてしない！」

「友達なんて思ったことないっつーの。いつもひよりばっかりモテてさあ。今日だって初めからここに置いてくつもりで来たんだよ。怖がりのあんたにちょうどいいから」

「……嘘、ひどい！」

暗闇の中から一つの影が飛び出してきた。街灯もないこんな山道では、かろうじて人がいると把握できるかどうかという闇だ。影はすぐさま軽自動車に乗り込みエンジンをかけた。先ほどの会話から察するに、恐らく雪乃さんだと思う。同時に、もう一つ人影が現れる。ひよりさんと思われる影はドアノブを引くが、ロックされているようで、ドアが開くことはなかった。

「やだやだ雪乃、お願い、置いていかないで！」

焦ったようにひよりさんが叫び、フロント側に回り込んだ。車を発進させないように、車体にしがみつく。窓が開く音がして、雪乃さんの怒鳴り声がした。

「どきなさいよ、轢《ひ》くよ！」

「お願い、置いていかないで！　誤解だから、話をちゃんと聞いて！」

「どけって言ってんの！」

車がかなりのスピードでバックした。車体からひよりさんの体が離れ、彼女が転倒する。そんな姿を嘲笑《あざわら》うかのように、車はタイヤを勢い良く方向転換させ、ひよりさんを避《よ》けて猛スピードで発進した。

「危ない！」

つい、私は声を上げた。

立ち上がったひよりさんは、車の前に飛び出していた。次に見たのは、人が人形のように跳ねた後、地面に打ちつけられる様子だった。重いものが落下する鈍い音が、夜道に響く。

我慢しきれず、自分の喉《のど》から悲鳴が上がった。今が夜でよかったと思った。人影がかろうじて見えるぐらいの暗さでもこんなにもショックだというのに、もし鮮明に見えていたら、自分はおかしくなってしまっただろうと本気で思った。

車は急停車し、雪乃さんが慌てた様子で降りてくる。

「まじ？　ひより!?」

焦った声に応《こた》えるように、ひよりさんの唸《うな》り声が微《かす》かにした。まだ息があるようだ。

だがその直後、ブツブツと雪乃さんの独り言が聞こえてきた。

「あ、あんたが飛び出してくるのが悪いんじゃん……最悪。ほんっと最悪！　どうしよ、このままじゃ……逃げた方がいいよね。誰も見てないし……放っといたら死ぬでしょ、そしたらひよりは証言できないし……」

耳を疑うようなとんでもない言葉に、倒れるかと思った。

助けようなんて微塵《みじん》も思ってない。人を轢いておいて、逃げることしか考えてないの？　しかも、ひよりさんはまだ息があったというのに！

時々聞こえていたひよりさんのかすかな声が、徐々に聞こえなくなっていく。だが雪乃さんは立ち尽くし、ひよりさんに手当をすることもない。ただ黙って苦しむ友人を見下ろしているだけだ。

そのままどれほど時が流れただろうか。その間に車は一台も通らなかった。

「ひより？」

しばらくしてようやく雪乃さんの声がした。ひよりさんの返事はない。

「……死んだかな。逃げよ、車は処分して。あいつ、今日私と一緒って誰かに言ったかな。くっそ、何でこんな目に遭うんだよ！　全部ひよりが悪いんだ！」

そう叫んだ雪乃さんは、そのまま車に乗り込んだ。私はいてもたってもいられず、それを追うように叫ぶ。

「待ちなさいよ！　このままにするの？　あんたが轢き殺したくせに!!」

「藤間さん、落ち着いて」

「死ぬまで待ってたなんて……外道！」

もちろん私の声が届くことはなかった。車は急ぐように猛スピードでその場から去り、ほんのわずか進んだところでカーブを曲がりきれずガードレールに衝突した。耳を塞《ふさ》ぎたくなるような衝撃音に、私はただ涙をこぼした。

瞬《まばた》きをした瞬間、辺りは明るく変化した。闇に慣れた目には、少しの明るさが刺激的で、一度強く両目を閉じる。再び瞼《まぶた》を開けると、私は折れ曲がったガードレールに向かって走り出そうとする体勢のままだった。そして、そんな私の手首を握っている水城さんがいる。それは今さっき見えた映像が、自分だけの幻覚ではないということを表していた。寒いと感じていた気温はすっかり元に戻っており、自分の額には汗が浮かんでいた。私はそれを拭《ぬぐ》うこともせず、ただ何もないカーブを見つめていた。

「……見えたね」

ポツンと水城さんが言う。私は呆然《ぼうぜん》とし、すぐに返事ができなかった。あんな形で命の終わりを迎えたひよりさんが、あまりに可哀想でならない。あれでは本当に『殺された』と言える。飛び出したのはひよりさんとはいえ、その状況を作り出したのは雪乃さんだ。

それに、すぐに助けを呼べば、もしかしたら助かったかもしれないのに、見殺しにした。傍らで死ぬのをずっと待っていたのだ。雪乃さんも一緒に浄霊の部屋に連れて行ってあげられたら……なんて頭の中がお花畑だった自分が情けない。

「あんなことがあったなんて……ひよりさんが可哀想でならないです……」

涙をこぼしながら言う私に、水城さんも同意する。

「信じられない光景だったね。当事者が二人とも亡くなってしまったことで、真実が埋もれてしまったんだ」

「水城さん、雪乃さんは浄霊の部屋には連れて行けないですよね⁉」

私は振り返って詰め寄った。彼は静かに頷《うなず》く。

「無理だね。ここで起きている交通事故が雪乃さんと関係してるかどうかは分からない。でも、生前の行動を見ても、彼女はあの部屋に相応《ふさわ》しい霊じゃない」

それを聞いて私はどこかほっとした。自分をあんなふうに殺した相手と同じ部屋に入ったんじゃ、ひよりさんが浮かばれないと思ったからだ。彼女はせめてあの部屋で穏やかに過ごし、安らかに眠ってほしい。そう願わずにいられない。

私はようやく頰に流れた涙をぐいっと拭《ふ》き、水城さんに尋ねる。

「じゃあ、この後はどうするんですか？」

「ひよりさんの方は、出来ることは一つ。うちの部屋にくるように説得だよ。友達に殺された悲しみで動けないでいるのかもしれないけど、大丈夫。そういうのは今までも僕はやってきた、結構得意だよ」

そうふわりと微笑んだ顔を見て、納得できる。水城さんみたいな優しいオーラの人に説得されたら、きっと信じて一緒にきてくれるよね。

「で、雪乃さんの方は……」

「それは、僕じゃない。悠の仕事だ」

水城さんはそうキッパリ言い切ると、ゆっくり山の方を振り返った。誰もいない暗い空間を見つめ、決意するように頷く。そんな水城さんを見て、私は心の中で独りごちていた。そっか、悪い霊の方は悠さんなんだ。なんていうか、納得だなあ。あの人じゃひよりさんの説得は無理そうだもん、口が悪いし態度も怖いし。

そういえば前に訊《き》いた時、『殴る』なんて意味のわからないことを言っていたけど、一体どうやって除霊するんだろう……。

「分かりました！　それがお二人の役割分担なんですね。えっと、私は何も出来ることがなさそうですが、せめて遠くから応援を」

「何も出来ることがないなんて、何言ってるの。藤間さんがいてくれなきゃ、きっとあの人たちはなかなか出てきてくれなかったよ？　今日一日でこれだけ出てきてくれて、過去の真相を知ることが出来たのは、間違いなく君がいてくれたから。大事なお仕事だよ、想像以上の引き寄せやすさだ」

水城さんは満足げにそう言うけれど、それ喜んでいいのか分からないです。でもまあ、褒められているならいいか、と単純に思ってしまった。だって今まで生きてきて、この体質が誰かの役に立てるなんて思ってなかった。嫌なものという認識でしかなくて、人生においては足枷《あしかせ》でしかないと思っていたのだ。それが必要だと言ってもらえるなら……喜んでおこう。

「よし、じゃあ、また二人が出てくるのをしばらく待ってようか。藤間さんはそのままでいてね。あ、寒くない？　飲み物でも買ってくればよかったね、気が付かなくてごめん」

申し訳なさそうに言ってくる水城さんに、本当に文句のつけようのないイケメン（方向音痴を除く）だなと感心しながら微笑んだ。

それから一時間ほど経っただろうか。意外とあれから事態は膠着《こうちゃく》してしまっていた。ひよりさんも雪乃さんも現れず、私たちは暇な時間をただ過ごしているだけだ。時々通りかかる車の運転手は、こんな場所に停車させて立っている私たちを、不思議そうに見てきた。時にはわざわざ車を停めて、『故障ですか、何かお手伝いでも』なんて言ってくれる人もいるのだから、まだ日本も捨てたもんじゃない。優しい申し出を笑顔で断り、ただひたすら二人でひよりさんたちを待った。

辺りは一気に暗くなってきていた。曇り空ということもあり、一層暗く感じる。徐々に視界が悪くなってきたことに、水城さんは眉《まゆ》を顰《ひそ》めた。

「暗いまま動くのは危ないね。もう少ししたら、今日は諦《あきら》めて帰ろう。藤間さんは引き寄せやすいし、夜になったら他のやつらも寄ってきちゃうから」

「そ、そうですね。夜の山道は怖すぎます」

「うーん、どうして出てきてくれないんだろう。何か警戒してるのかな」

水城さんは困ったように言いながらスマホを取り出し、何かを見ている。電波は届かないはずなのだが、何を見ているのだろうか。私の視線に気づいたように、彼が画面を見せてくれた。

「さっき調べてもらった二人の事故の情報だよ。ほら、これによると、ひよりさんが倒れていたのは……あの辺みたい」

水城さんがある一点を指差した。今は事故の痕跡《こんせき》もなく、黒いアスファルトがひっそりとあるだけだ。でもそれを見てひゅっと心臓が冷えた。あそこでひよりさんは亡くなったんだ、一人で苦しみながら。友達だと思っていた人に死ぬのを待たれながら。

彼が差し出したスマホを借りて見てみると、確かに簡単な見取り図が載っていて、ひよりさんが倒れていた場所などの印がある。

「水城さん、こんなのどうやって手に入れたんですか？　普通は出回らない情報ですよね？」

「はは、頼むと情報を調べてくれる協力者がいるんだ。僕も時々驚くほどのネタを持ってきてくれるから凄《すご》いよ。その分お値段も張るんだけど」

「へーやっぱりそういう情報屋みたいな人いるんですね……」

感心したように呟《つぶや》いた時だ。言葉には言い表せない微妙な空気の変化を感じた。それは水城さんも同じだったようで、ハッと顔を上げ、同時に同じ方向を見る。先ほど水城さんが指差した場所、今は何もないアスファルトの上に、一人の女性が立っていた。

黒髪のロングヘア、淡い水色のスカート。両手で顔を覆ったまま啜《すす》り泣いている。ひよりさんだ、と理解する。トイレでも会った、ずっと泣いている悲しい人。水城さんが始めるよ、というように私を見たので、頷いてみせる。

ごくりと唾《つば》を飲み込んだ喉《のど》が音を立てる。私は何かをするわけでもないのだが、今から水城さんがこの人を浄霊の部屋に行くよう説得するのかと思うと、手に汗がにじんできた。

「遠藤ひよりさんですね？」

優しい水城さんの声が響いた。柔らかで、尊さを感じるような声だった。今日一日ずっと聞いているというのに、特別なものに感じるから不思議だ。

「あなたはここで、友人の雪乃さんに轢《ひ》かれて亡くなってしまったのですね。さぞかし悲しく無念だったと思います。僕たちは、あなたが望むのなら救いたいと思っている。どうか望みを聞かせてください」

水城さんの質問に、ひよりさんは答えた。

『あなたに　ついて　行きたい』

涙声でそう語る。水城さんは頷いた。

『今までも　助けて欲しくて　色んな人に声をかけた』

ああ、と察した。ここで起こっている交通事故だ。ひよりさんはただ助けて欲しくて、通りかかる車に助けを求めた。それが生きている人間にとっては、交通事故に繋《つな》がってしまうという残念な結果になっていたわけだ。でもやっぱり、悪い霊じゃなかった。水城さんもほっと息を吐く。

「やはりそうでしたか。僕たちの家に、とても安らかに過ごせる場所があります。きっとあなたも気にいるはず。そうすれば――」

言いかけた水城さんが、突然言葉を止めた。

どうしたんだろうと横を見てみる。彼はわずかに口を開けたまま、どこか釈然としない表情をしていた。次に視線の先にいるひよりさんを見てみる。特に異変はない。さっきと変わりない姿だ。

「……水城さん？」

私の声かけにも彼は答えない。ただじっとひよりさんを見つめている。何かが起こったんだ、私には分からない何かが。

固唾《かたず》を呑《の》んで水城さんの動きを待っていると、ふと手に持ったスマホの存在を思い出した。さっき水城さんが貸してくれたもので、事件の詳細が書かれている。何かに呼ばれるように、私はそれを見た。

そこには先ほど見た見取り図がある。そのページをなんとなく下にスクロールした。すると、ひよりさんと雪乃さん、二人の写真が出てきた。そしてその下に、箇条書きがあった。

〈当日の服装〉
遠藤ひより……上：白い服　下：ジーンズ
大宮雪乃……上：黒い服　下：水色のスカート

その文字を見て、脳内が停止する。

結局これまで二人の顔はよく見えなかったので、顔写真を見てもピンとこないのは変わらない。でも服装なら。

はじめに一ノ瀬悠と一緒に出会った時、それからトイレで出会った時、そして今、目の前にいる霊は……いつも淡い水色のスカートを穿《は》いていた。

『幽霊が嘘をつかないとでも思ってるのか？』

一ノ瀬悠の声が蘇《よみがえ》る。

「……………この人、ひよりさんじゃない!!」

私の叫びに、ハッとしたように水城さんがこちらを見る。私は震える手でスマホの画面を見せつけた。

「いつも泣いていて顔を隠しているし、過去の再現も夜だからよく見えなかったけど……ここに書いてある！　ひよりさんはジーンズを穿いている人。つまり、この人は雪乃さんです！」

私がトイレで、『ひよりさんですか？』と尋ねたら確かに頷《うなず》いて見せた。この人は故意に嘘をついている。雪乃さん——いや、雪乃が、ひよりさんのフリをしていたのだ。

それを聞いた水城さんが苦々しく言う。

「なるほど……さっき感じた違和感はこれか」

二人で前に向き直る。そこに佇《たたず》んでいる雪乃はもう泣いていなかった。泣いているフリをして、顔を隠す必要がなくなったからだ。

初めて見る彼女の顔は恐ろしいものだった。悪意で満ちている。吊《つ》り上がった目に、口も異様なほど大きく開いて笑っていた。よくここまでの悪意を隠していたな、と感心するレベルだった。人を殺しておいて逃げようとした挙句、そのまま事故で死に、悪しきものへと変わった結果がこれか。

『一緒に遊んでよ　退屈なんだから　そして一緒に行こうよ』

そんな声が聞こえて、全身の毛が逆立った。その発言だけでわかる。ここで頻発していた事故はこの人のせいだ。面白半分で事故を起こし、あわよくば誰かを連れて行こうと企《たくら》んでいた。死ぬ前も、そして死んでからもこの人は醜い。

「ひよりさんだと嘘をついて藤間さんを騙《だま》して、油断させようとしたんだね」

水城さんの声には、もう優しさも柔らかさもなく、厳しいものに変わっている。そして私を庇《かば》うように、数歩前に出た。

「悪いけどさっきの話は忘れてくれるかな。君みたいなのを連れて行くことは出来ないんでね」

それを聞いた雪乃さんはピタリと笑みを消した。血走った目で私たちをじっと見つめる。

すると突然、頭が割れそうなほどの痛みに襲われた。今まで体験したことのない痛みに、立っていることさえままならず、私は膝《ひざ》を折ってその場にしゃがみ込む。

「藤間さん！」

水城さんが焦ったように私の顔を覗《のぞ》き込む。

「いた……痛い！」

おかしくなりそうな痛み。頭の中で誰かが暴れ回っているようだった。両手で頭を抱えながら必死に前を向くと、雪乃は笑っていた。首をかくんと横に折れさせ、頭を揺らしながら大変楽しそうに。その目には正気なんて一つも残っていなかった。ケタケタと笑い続けるそれは、相手を苦しませることで喜びを感じていた。

痛みの中で怒りが湧き上がってくる。ひよりさんをあんな目に遭わせ、死後もこうして誰かを巻き添えにして楽しんでいる。こんなやつに騙されていたことも悔しかった。

雪乃が笑いながらゆっくりこちらに近づいてくる。私は頭を抱えながら水城さんに言った。

「き、来ちゃいます……逃げてください」

私の言葉に、彼は目を丸くして驚く。

「逃げるって」

「私があいつを引き寄せてるなら……水城さんは、離れた方が」

このままじゃ、水城さんも危ない。せめて彼だけでも。

だが、水城さんは動かなかった。私の隣にいるまま、まるで動く素振りもなく、ただまっすぐな目でこちらを見てくる。

「僕が君を置いていくことは絶対にない」

凜《りん》とした声。痛みに顔を歪《ゆが》めながらも、なんとか彼の方を向こうとする。と、同時に、目の前に水色のスカートが揺れた。

ハッとして顔を上げる。狂ったように笑い続ける雪乃が、すぐ目の前に立っていた。

あ……ヤバい。死ぬかも。これ、死ぬかも。そう思い、頭の中が真っ白になった。連れて行かれちゃう、この化け物に。

間近に迫ってきた雪乃の顔はあまりに恐ろしかった。笑う前歯は少し欠けており、唇の端に唾液《だえき》が光っているのがわかる。白く乾燥している肌はところどころひび割れていた。恐怖に、体はまるでいうことを聞かなくなる。

固まって動けなくなった私の肩を、強く摑《つか》む手があった。それは痛いほどの力で、私を現実に引き戻してくれるようだった。痛む頭を押さえ、水城さんの方を向こうとする。

「引き寄せご苦労だな、チビ」

あれっと思って水……いや、一ノ瀬悠の方を見た。やはり、そこにいたのは意地悪そうに口角を上げた男だった。そして彼は、少しだけ嫌そうに顔を歪める。

「女相手は気分が乗らねえ、くそが」

そう言うと、一ノ瀬悠はゆっくり立ち上がる。両手で握《にぎ》り拳《こぶし》を作り、雪乃を見下ろすように立ちはだかる。それは虫ケラを見るかのような冷たい視線だった。まるで動じない様子の相手に、雪乃の笑いも止まる。

「クズが、寝とけ」

そう吐き捨てると彼は突然、本当に突然、その握り拳を大きく振りかざし、雪乃を殴り飛ばした。相手が霊だということを忘れてしまいそうなほど生々しい殴打音とともに、雪乃は殴られた。獣のような唸《うな》り声をあげて、吹っ飛ばされる。信じられない光景に開いた口が塞《ふさ》がらなかった。

するとと殴られた雪乃の体から、煙が出始めた。彼女の鼻や口、指の先などから出てくる。まるで燃えるように煙に包まれた彼女は、苦しそうに悲鳴を上げながらもがいていた。

そして次の瞬間、彼女は音もなく消えた。ほんの数秒の出来事だった。

『そういえば、いい霊なら浄霊の部屋でしょ？　じゃあ悪いやつはどうするんです？　水城さん除霊は出来ないって』

『ああ。そういう相手は俺の出番。殴る』

そんな会話を確かにした。間違いなく交わした。交わしたけどさ……。

いや、ほんとに殴るんかい……除霊方法これなの？　何かの比喩《ひゆ》かと思いきや、そのまんまだったの。驚きと、どこか呆《あき》れが入り交じった気分で、私は一ノ瀬悠を見つめていた。

景色は来た時と同じように、穏やかな自然だけの風景に戻っていた。木々が揺れる音が、本当に雪乃は消えたんだと思わせてくれる。

一ノ瀬悠は手が痛むようにさすりつつ言う。

「あー女相手の除霊は気分が悪いなー。俺でも女を思いきり殴るのはやだっつーの」

「い、一ノ瀬さん……？」

「なんだよ」

「あれで、除霊なんですか……？」

「ああ、完了。霊である俺しか出来ない除霊法だ。俺は紳士だから、女殴るなんて気が進まないんだけどな。まあ、あんだけの悪霊ならしょーがねえ」

そんなことを言っているけど、私は見逃さなかった。一ノ瀬悠は、雪乃をぶっ飛ばす時、面白そうに口角を吊り上げていた。気が乗らないなんてこと全く感じさせなかったのだが。

「紳士ってとこに突っ込みたい気持ちは山々ですが、ひとまず置いておきますね。えっと、うーんと」

私は頭の中で必死に考える。大丈夫だろうかこれ、最近暴力に対して厳しいよ。コンプライアンス的にいいのか？　でも生きてる人間相手じゃないし、攻撃的だったから正当防衛とも言えるし……。いくらか考えたところで、やや混乱した頭を落ち着かせ、私はひとまずの結論に辿《たど》り着き、深々と頭を下げる。

「ありがとうございました」

一ノ瀬悠……いや、危機から救ってくれた相手を呼び捨てはさすがにないか。一ノ瀬さんのおかげでいつのまにか頭痛も消えている。あのまま放っておいたら事故だってもっと多発していただろうし、除霊はするべきだったのだ。

「一ノ瀬さんが除霊してくれなかったら、私ヤバかったかも」

「あーお前は引き寄せやすさがすげえからな。ま、でもそのおかげで上手《うま》くあいつと接触できた。お疲れ」

大変軽く言ってくれる男は、本当にお疲れなんて思ってるのかと疑ってしまうほどだったが、結果として霊たちそれぞれに相応《ふさわ》しい対応が分かり、危険な雪乃は除霊できたのだし、良しとしよう。

私はふうと息を吐いて空を見上げる。もう日は傾いて暗くなってきている。水城さんと出会い、この変わった仕事を手伝ってみた今日一日、なんて長かったのだろうと思う。

「霊って、色々いるんですね。ああやって自分は被害者だって嘘をつきながら人を攻撃するやつとか」

「悪知恵が働くやつは厄介だな」

「勉強になりました。私は今まで、とにかく近くに来られたら祓《はら》ってばかりいたし……可哀想な人もいるんだって、あんまり深く考えたことがなか」

言いかけてはっと思い出す。一ノ瀬さんの方を向いて慌てて言った。

「そうだひよりさん！　本当の被害者の方！　ひよりさんはどうするんですか、あの部屋に呼んであげた方がいいんじゃ」

「まああっち見てみろって」

一ノ瀬さんはそう言って顎《あご》で右を指した。言われた方を向いてみると、ほんの少し離れたところに、一人の女性が立っているのが見えた。ロングヘアだが、ジーンズを穿《は》いている。一ノ瀬さんはそのまま近づこうとしないので、私がひよりさんに明るい声で話しかけてみる。

「あなたが本物のひよりさんですね！　安心して下さい、あなたが亡くなった真相も分かりましたし、雪乃の方は除霊しました！　あとはひよりさんが」

そう話している途中で、私は言葉を止めた。ひよりさんの表情は柔らかかったが、決して晴れやかというものではなかったからだ。どこか寂しげで苦しそうに見えた。

『私は……友達だと思ってた』

そんな微《かす》かな声を聞いて心臓をえぐられるような気持ちになった。私は雪乃の悪行を判明させたことで、もうひよりさんは満足したのだと思っていた。だが、彼女が心に負った傷はそう簡単に癒《い》えることはないのだ。友達と思っていた人に裏切られ、見捨てられた出来事は、大きな悲しみとなっている。

「ひよりさん……あの、今からよければ」

私が言いかけたところで、彼女は無言でゆっくり頭を下げた。そしてそのまま消えていく。私が慌てて足を踏み出そうとするのを、一ノ瀬さんが止めた。

「大丈夫だよ。多分、雪乃がいたせいで表に出てきにくかったんだろうけど、ずっとこっちを見てたんだと思う。あの礼はありがとうの意味だろ。さっき春斗がひよりに言いたかった内容も聞いてたはずだ。そのうち来るんじゃねーの、あの部屋に」

一ノ瀬さんはそう言うと、大きく伸びをした。そしてさらにあくびまですると、面倒くさそうに歩き出す。

「帰ろうぜー。疲れた」

「あ、待ってくださいよ！」

私は急いでその背中を追う。最後にもう一度振り返ってみたが、やはりそこには誰もいなかった。傷ついた彼女が本当に安らかに眠れるのか不安になりながらも、もう私に出来ることは残されていない。部屋に来てくれることを祈りながら駆け出した。

ところで、今表に出ているのが一ノ瀬さんってことは、やっぱり帰りも私が運転なの？　疲れたのはこっちのセリフなんですけど。

膨れながら二人で車に乗り込む。やはり相手は当然のように助手席に座り、早速持ってきた漫画の続きを読み始めた。私は運転席でシートベルトをしながら文句を言う。

「普通、こんな長距離運転を行きも帰りも女の子にさせますかね？」

「しょーがねーじゃん、免許ねえし」

「水城さんはあるのに」

「でもあいつの場合、ナビがないと免許がないも同然だ」

そう言い放ったのを聞いて、ついぶはっと吹き出してしまった。いけない、これ水城さんも聞いてるんだよね。でもだって、確かにあの人の方向音痴すごかったもんな。ナビがなかったら帰り道の運転は任せないかもしれない。

エンジンを掛けて発進させ、事故が多発していたカーブを慎重に曲がりながら言った。

「あれだけイケメンで性格もいいんですから、それぐらい欠点のうちに入りませんよ」

「まあ、あいつが顔よくなきゃ、お前付いて来なかったろ」

ぎくっとした。それは真理だ。だって、公園で急に声を掛けられて、怪しいお仕事に誘われた。相手が水城さんじゃなくちゃ付いていかなかったのは間違いない。呆れたように一ノ瀬さんが言った。

「今回はよかったけど、お前それいつか事件に巻き込まれるぞ。いい歳して危機感持てよ。チビだから学生と間違われて狙われるかもしれねえだろ」

「チビじゃないですよ！　水城さんの背が高いんですよ！　でも前半はもっともです。気をつけます！」

「よろしい」

漫画のページを捲《めく》りながら一ノ瀬さんは少しだけ笑う。同じ顔のはずなのに水城さんとは全然違う顔。なんだかそれが面白くて、正面から見てみたいな、と思った。

「んで仕事どうする」

「え！　あー……そうですねえ」

言われて思い出す。まだ大事な結論を出していなかった。今日は一日職場体験をしたわけだ。漫画から目を離さず、一ノ瀬さんが言う。

「引き寄せやすさは合格。雪乃の嘘にも気づけたし、危機が迫ってる時に春斗を遠ざけようとした根性は、まあいいんじゃね」

淡々とそう言ったのを聞いて、私はびっくりしてつい黙り込んでしまった。一ノ瀬さんは顔を上げて私の方を見た。

「無視かよ」

「あ、いえ、一ノ瀬さんがそういうこと言ってくれたのが意外すぎて……」

「俺は正直にしか言わねーよ。あと美人で色気があれば満点だった」

「やっぱり失礼だなこの人！」

「ま、返事は春斗に直接したいか。もうちょっと考えてもいいけど、早く答え出せよ」

それだけ言って彼はまた興味なさそうに漫画に視線を戻した。私は慎重に山道を運転しながら、頭の中で必死に考える。今日は本当に怖いことばかりだった。でも、解決した後の気持ちよさっていうか、達成感は凄《すご》い。給料もいいし、この人はともかく水城さんはいい人だし。

自分の気持ちが働く側に傾いていることに気づいていた。でも、今すぐに返事をするのは何だか悔しい気がして、口をつぐむ。それに、言うならやっぱり水城さんに言いたい。

それから一時間と少し。私たちはほとんど会話もないままで、ようやく水城さんの家に辿り着いた時には真っ暗だった。とりあえず今日は帰って、また時間がある時に返事をしに来ればいいと言われ、私は頷《うなず》いた。家まで送っていく……なんて行為が出来るわけない一ノ瀬さんは（やっぱりどこが紳士だ）、すぐに家の中に入って行った。私は一人、暗い道を歩き出す。

すっかり夜が訪れ、空には星が光っていた。一人になった途端、何だか急にどっと疲れを自覚する。山道を歩いた靴は土がたくさんついて汚れていた。足は棒のようだし、何より眠い。公園で次の面接の予定を確認していただけなのに、なぜこうなったんだろう。

そう思うとあまりに面白くて、歩きながら一人、ふふっと笑いがこぼれた。今日体験した信じられない出来事が、今になって次々と脳裏によみがえってくる。びっくりして、むかついて、ときめいて、怒って、泣いた。一日でこんなに感情が揺さぶられることってあっただろうか。

星を見上げて深呼吸する。

「多分……もう答えは決まってるんだろうなあ」

私の独り言は、闇に吸い込まれて消えた。

帰宅し死んだように眠った私は、翌日、水城さんに借りっぱなしの上着を持ってあの家を目指していた。次の日すぐに行くのもどうなのだろう、と思ったけど、あの部屋は水城さんは入れない。花が萎《しお》れていたし、それを交換してあげたいという気持ちが大きかった。途中の花屋で適当に花を買い、そのまま家を目指す。

筋肉痛の脚でなんとか坂道を登り、あの家に辿《たど》り着いた。やはり何度見ても立派なお屋敷だ。アポイントも取らず来てしまったことに少し緊張したが、私は意を決してインターホンを鳴らした。

『はい』

たったその二文字。でも、きっと水城さんだろうなと思った。一ノ瀬さんだったらめんどくさがって出ることすらしなそう。

「あ、あの、藤間です」

そう機械に向かって返事をすると、中から騒がしい足音が聞こえてきた。そして勢いよく、戸が開かれる。

「藤間さん！」

やはり水城さんだった。彼は慌てたように飛び出してきて、こちらが驚いてしまった。

私は頭を下げて挨拶《あいさつ》をする。

「お、おはようございます。すみません、アポも取ってないのに直接」

「とんでもない、入って！　アポも何も、連絡先も教えてなかったんだから当然だよ。どうぞ！」

子犬みたいな笑顔で招かれ、思わず顔がゆるむ。なんだかすごく嬉《うれ》しそうにしてくれて、水城さんって本当にいい人だなあ。広い玄関で靴を脱いで中にお邪魔すると、私は持っていた紙袋を水城さんに手渡した。

「あの、昨日上着を借りっぱなしだったので」

「ああ、わざわざありがとう」

笑顔で受け取りながら、水城さんはすぐに不機嫌そうな顔に変わった。口をへの字にしながら言う。

「昨日の帰りはごめんね。まったく、行きも帰りも藤間さんに運転させた挙句、夜に女の子一人で帰らせるなんて。連絡先も聞いてないし、悠は適当すぎる」

「い、いいえ、そんな遅い時間でもなかったですし。むしろ一ノ瀬さんが送るなんて言ってきたらびっくりしますよ、そんなことする人じゃないでしょうから」

「はは、一日で随分分かってるね」

少し笑った水城さんは、私が持っていたもう一つの荷物に気づく。

「あれ、花？　もしかして、あの部屋に？」

「あ、そうなんです。勝手にすみません、お花が萎れてたから……」

彼は、一瞬私に何かを聞きたそうにしたが、そのまま口を閉じた。そしてそっと廊下の奥をみる。

「ありがとう。じゃあ、花を替えてもらおうかな。見てもらいたいものもあるし」

「見てもらいたいもの？」

首を傾げた私を案内するように歩き出した、水城さんの後ろをついていく。相変わらずピカピカな廊下を進みながら、例の部屋の前までやってくると、水城さんは無言で私に扉を開けてみるよう促した。その表情が優しくて柔らかで、なんとなく背筋が伸びた。

私は扉に手をかけ、そうっと押し開く。途端に感じる、温かでどこか懐かしい風。やっぱり別世界のように、ここだけ不思議な空間だった。

そこには昨日と変わりない、静かな部屋があった。テーブルに椅子、開放された窓。そこから入ってくる風に揺れるレースのカーテン。私は花を替えようと足を踏み入れ、一旦《いったん》買ってきた花束をテーブルに置いた。昨日よりさらに萎れてしまっているかわいそうな花を見ながら花瓶を手に持つ。手を滑らせないよう気をつけながら部屋から出ようとして、誰かに呼ばれた気がした。ふと振り返る。

窓の前に一人の女性がいた。半分ほど透き通っていて、儚《はかな》さを感じる。彼女は窓の外を眺め、気持ちよさそうに目を細めている。黒髪のロングヘアが風に揺れた。

たったそれだけの光景が、なぜかひどく尊く感じられた。ずっと苦しんできた日々が終わり、やっと穏やかな時間が訪れた。胸に痛みはあるけれど、それら全てを受け入れて前を向こう、そんな気持ちをその人から感じた。

幸福。この部屋は、幸福で満ちている。

気が抜けて花瓶を落としそうになる。慌てて持ち直すと、私は部屋を出た。自然と浮かんできた涙をどうしていいかわからず、唇を震わせる。廊下には、優しい顔をした水城さんが立っていた。

「来たんですね、ひよりさん……」

「うん、朝見てみたらね。藤間さんが色々頑張ってくれたおかげだよ」

「そんな、私なんて何も……」

そう言いかけてとうとう涙がコロンと落ちた。ひよりさんが、あんなに穏やかな顔をしていたのが嬉しい。裏切られ、理不尽なやり方で命を奪われ、悲しみに暮れていたあの人も、ようやくゆっくりできるのかもしれない。やはり、この部屋の存在は重要だ。

「あ、花瓶持つよ」

お礼を言いつつ水城さんに花瓶を渡し、私は涙を手のひらで拭《ぬぐ》った。そして、しっかり彼の方を向いて言った。

「私、あの部屋のお世話がしたいです」

水城さんが目を丸くする。

「昨日は色々怖かったし大変でしたけど、あのひよりさんの穏やかな顔を見て、改めて思いました。私のこんな力が、誰かの役に立てるなら嬉しいです」

人は、その人のあるべき道を辿る。温かな者は温かな道へ。それなら、私はその道標《みちしるべ》になりたいと思う。まだ自分に何が出来るかよく分からないけれど、部屋の掃除ぐらいは出来るはずだから。

水城さんは嬉しそうに笑った。

「よかった。君なら安心だ」

「ということで、これからよろしくお願いします」

「こちらこそ。はあ、よかった。悠も気に入ってたみたいだから、ぜひ藤間さんには来てほしいと思ってたんだ」

ホッとしたように言う水城さんに首を傾げた。気に入ってた？　一体どのあたりがだ。チビとか色気がないとかばっかり言われてたんですが。

私の様子を見て水城さんが笑う。

「今までも働き手はいたけど辞めちゃったって言ったでしょ？　あれね、ほぼ悠が追い出してたから」

「ええ！」

「ただ、彼なりに理由があったんだけどね。部屋の手入れをおざなりにしてたりとか、霊に対して消極的すぎるとか。でもかなり特殊な仕事でしょ？　僕は辞めさせる前に、せめて他の人を探してから、って思ってても、悠はそんなのお構いなしだから困ってたんだよ。そこで公園で藤間さんを見かけた。引き寄せやすさも文句なし。優しいし度胸もある」

「そ、そうですかねえ？」

「って、昨日も悠が言ってたでしょ。あれはあいつにとって最上級の褒め言葉だよ」

「色気がないとか散々言われましたけど……」

「あはは、あいつの照れ隠しだって。藤間さんはこんなに可愛いんだから、ね？」

突然そんなことをぶちこまれて固まった。可愛い、なんて。けど当の本人は、どうしたの、とばかりに私を見ている。

あ、なんとなーく分かってきた。水城さんってこれ、天然で人たらしなんだな。計算とかではなく、もちろん私を落とそうなんて思ってもいない。だって、もしそんな風に思っていたら、あの方向音痴は隠そうとするでしょ。のほほんイケメン、恐るべし。

真に受けないように自分に言い聞かせた。そんな私の決意もつゆ知らず、彼は何事もなかったように爽《さわ》やかな声で言った。

「よし、じゃあ仕事内容についてもっと細かく説明するね」

「はい！　あ、その前にお花替えなきゃ」

「しまった忘れてた」

二人で笑いながら廊下を歩き出す。とんでもないところに再就職を決めてしまったけれど、多分選択は間違ってない。鞄《かばん》の中に入っているスケジュール帳、面接の予定は全部バツで消してある。しばらくはここでしっかり頑張るんだ、そう意気込みながら。

第二章　常連客の再来

一

燦々《さんさん》と太陽が照り付ける朝、私は両手に紙袋を持って、例の水城さんの家を目指していた。蒸し暑さが増してきているこの季節、上り坂が大変辛《つら》い。でもあの家に行くには、この道しかない。私は疲れた足を必死に動かして歩いていた。

ようやく大きな平屋のお屋敷が見えてきた。静かに佇《たたず》むそこは、見るたびに感嘆の息が漏れてしまう。風情があって美しく、力強いオーラをまとった、不思議なお家《うち》なのだ。

私はインターホンを押さずにそのまま玄関の戸を引いた。ガラガラッと音が響く。鍵《かぎ》はかかっていなかった。

ここで働くと決まったのが三日前のこと。職場でもあるこの家について色々聞いたのだが、まず驚くことに基本鍵をかけないらしい。そういえば三日前に来たときも、水城さんは鍵をかけている様子はなかった。中の窓も開けっぱなし。これだけ立派なお家なのだし、あまりに不用心ではと思うのだが、水城さんいわく『この家は守られている』らしい。泥棒など悪い奴が勝手に入ることはないそうなのだ。

普通に聞けば信じられない話だが、多分家に一歩足を踏み入れれば納得出来る。心が穏やかになり、浄化されていくような感覚になるので、この家で悪いことをするなんて考えられなくなるのだ。それだけこのお屋敷は凄《すご》い。

「おはようございまーす」

中に声を掛けるが、特に返事はない。家にはいつでも好きに出入りしていいと言われていたので、とりあえず朝、出勤してきたわけだが、水城さんはどこかへ出掛けているのだろうか。

ひとまずリビングへと向かう。鼻歌交じりに足を踏み入れた途端、無人だと思っていた場所に人がいて驚いた。ぎゃっ、と変な声を漏らしてしまう。

そこにはだらしなくソファにもたれ、目の前のテーブルに足を乗せている、最高に行儀が悪い男がいた。彼は何やら雑誌を読んでいて、一瞬だけ私をちらりと見る。

「い、一ノ瀬さん！　いたんですか」

「いたんですかって俺の家だからいるだろ」

「だって挨拶《あいさつ》したのに何も返事なかったから……えっと、おはようございます」

「はいどーも」

面倒くさそうに言う相手は、水城さんではなく一ノ瀬さんだった。朝からこっちかあ。

実は働くと決まった直後、『初っ端《しょっぱな》から怖い思いをさせてしまったから』という水城さんの気遣いで、早々に二日間の休みを頂いていたのだ。なので、一ノ瀬さんと会うのも山での調査以来。まだ二人の入れ替わりに慣れていない私は困惑するも、あっと思い出して一ノ瀬さんに挨拶をした。

「ええっと、本格的に働くことになりました。藤間みなみです、よろしくお願いします」

「知ってる」

「そうでしょうけどー……一ノ瀬さんにも一応挨拶をって思って」

「悠でいい、一ノ瀬って長いからウザい」

彼はもう少し言い方をなんとかできないのだろうか？『長くて呼びにくいでしょ、悠でいいよ』って言ってくれたらいいのに。まあ仕方ない、そんな風に自然に言えるのは水城さんの方なのだ。

諦《あきら》めて早速浄霊の部屋の手入れにでも行こうとしたところで、彼がずっと持っていた雑誌が目に入り、思わず叫び声を上げた。家中に私の声が響く。

「ぎゃー！」

「うるせ、なんだ急に！」

「なななな に読んでるんですか朝っぱらから！わ、私来るって分かってたでしょう⁉」

私は慌てて悠さんの手から雑誌を取り上げる。彼が見ていたのはいかがわしい雑誌だったのだ。信じられない、こういうのは隠れて見るもんじゃないのか。だが悠さんは鬱《うっ》陶《とう》しそうに舌打ちした。

「別にチビに見られてもいいし」

「私が嫌なんですよ！　てゆうか、水城さんの体で変なもの見ないでください！」

「何言ってんだ、俺を通してあいつも見てるんだ。喜んでるぞきっと」

「やめてやめて！　水城さんはこんなもの見ない！」

「幻想抱きすぎ」

私はとりあえず表紙を伏せてテーブルの上に置いた。裏表紙ももう完全にアレなのだが、どうしようもない。なるべく見ないようにして、咳払《せきばら》いをする。

「と、とにかく、私がいるところで読むのはやめてくださいよ！　違う部屋とか行ってください！」

「うるせえやつを雇ったもんだな、春斗も」

「デリカシーを！　身につけてくださいよ！」

「声がでけえ！　鼓膜破れたら治療費要求すんぞ」

片耳を塞《ふさ》ぎながら悠さんは言った。私は頬を膨らませて怒りをぶつけ続ける。

「二人が体を共有してるっていうのは分かりましたけど、ちゃんとルールみたいなものは作らないんですか？　片方になってる間もこういうのは守ってほしい、みたいな。お互いそういうのあるでしょ？」

私の言葉に、てっきり悠さんは煩《うるさ》いだとかお前には関係ないとか言うと思ったのだが、意外にも彼は黙り込んだ。そして視線を逸《そ》らしたまま無表情で言う。

「別に春斗の迷惑になりそうなことはしてない。この体はあいつのものだから。俺は気になる漫画の続きが読めるだけでも十分ありがたいんだよ」

その発言に、思わず口をつぐむ。ぶっきらぼうな言い方だったけれど、やけに悲しい響きに聞こえた。そして脳裏に三日前、水城さんが言っていた言葉が蘇《よみがえ》る。悠さんは体を借りていることに罪悪感を感じてるし遠慮もしてる、友達なのに今が一番お互い気を遣ってるんだ、と。あの悠さんがそんなわけないと思っていたが、案外この人は水城さんに対しては常識人なのかもしれない。少し困りながら、私はそれでも言った。

「そりゃやりたい放題はよくないと思いますけど、こういうことしたい、って水城さんに提案してみてもいいんじゃないですか」

「俺とあいつはもう直接会話は交わせないんだよ。二人で一体だからな」

言われてそうか、と納得してしまった。向かい合って会話することは基本的に出来ないのか。友達だというのに、それはとても悲しいことだと思う。しかし、なんだかお互い遠慮しすぎている感じがして、どこかモヤモヤしている自分もいる。だが状況があまりに特殊すぎるので、どうしたらいいのかも思い浮かばない。

「つーかお前、あの荷物なに」

悠さんが話題を変えるように指差す。私が今日持ってきた荷物だった。水城さんとのことについてあまり深く追及されたくないらしいと勘づき、ああ、とそれを手に持ち話題に乗った。私は笑顔で中身を取り出した。

「この前、水城さんに色々聞きました！　浄霊の部屋は、ごちゃごちゃしすぎなければ私の好きなように飾ったりしてもいいって！　それで早速持ってきたんです。今いるのは女性でしょう？　可愛い焼き菓子、ハーバリウム、ファッション誌！　ゆったりするにはいいかなーって」

そう、三日前に説明を受けたので、私なりに考えてきた。あの部屋は何もなかったとしても十分癒《いや》しの力がすごいけれど、どうせならもっと居心地よくしたいではないか。今回は同じくらいの年齢で同性なのだから、選びやすかった。やっぱり可愛いもの、美味《おい》しいもの、流行《はや》りのものだよね。

悠さんが無言でそれらを見つめたので、つい身構える。どうせ口が悪いこの男は、センスがないとか単純だとか、そうやって文句をつけるに違いない。だが、意外にも彼はふいっと視線を逸らし、興味なさそうに呟《つぶや》いた。

「ま、いーんじゃねーの。お前の仕事なんだし自由にやれば」

「あ……は、はい。じゃあ早速掃除とかしてきますね」

拍子抜けした私は、荷物を一纏《ひとまと》めにして一旦《いったん》悠さんの側から離れた。最後にちらりと振り返った時、彼は私が取り上げたあのいかがわしい雑誌を、何事もなかったかのように読んでいて呆《あき》れたけれど、もう諦めた。

私の前で読まれるのは嫌だけど、限られた時間の中で悠さんが出来る数少ないことだと思えば、許してしまえる気もする。それにしても、あの二人はもうちょっとお互いの気持ちを真っすぐに伝えられないものか。多分、相手が思っていることに気づいてはいるのに、どうもギクシャクして距離が出来てしまっている。というかそもそも、なんで体の共有なんてしているんだろう。

そうブツブツ一人で言いながら、例の部屋へ辿《たど》り着く。扉の前に立ち、少し困った。急に開けたりしないほうがいいのかな。そう悩みながらしばらくうろうろした後、結局ノックをしてそっと扉を開いた。ぶわっと爽《さわ》やかな風が吹いて、不思議な空気が自分を包み込む。懐かしさに心臓がぎゅーっと締め付けられるみたいな感覚はいまだに慣れそうにない。

シンプルな部屋は、今日も窓から入る風がカーテンを揺らしている。入る前に中をキョロキョロと見回してみる。が、誰の姿も見当たらない。首を傾げながら中に入ってみる。と、その途端ある気配に気づいた。五感で感じるのとはまた違う、言葉には言い表せない感覚だ。

「椅子……」

六脚ある椅子の一つに、誰かが座っている――きっとひよりさんだ。見えないけれどそう確信した。女性が穏やかな顔をして座っている姿が目に浮かぶ。私は微笑んで、まず部屋の掃除に取り掛かった。

テーブルを拭《ふ》いたり掃除機を掛けたり、部屋の埃《ほこり》を落としていく。自分の部屋を掃除するのとはまるで違う丁寧さが、自然と出てくる。心を込めて、って言うと大袈裟《おおげさ》だけど、居心地のいい空間であってほしいと思う。そして、今日持ってきた女性向けアイテムを取り出し、飾ってみる。テーブルの上にお菓子と開いた雑誌を置き、今までより少しだけ生活感が出た部屋に満足した。気に入ってくれるといいんだけどなあ。

一旦ふうと息を吐いて部屋を見回す。物が増えすぎるのはよくないって言われたけど、考えながら新しい雑貨とか追加したいな……。

そう考えていると、突然自分の足元を何か白い物が通り過ぎた。なかなか早いスピードである。何だろうとテーブルの下を覗《のぞ》きこむが、そこには何もなく、木製の椅子の脚が見えるだけだ。気のせいだったか、と頭を上げようとした瞬間、しゃがんでいた背中に小さな衝撃を感じた。驚きで変な声が上がり、慌てて体を起こす。

「……え、君、どこから来たの⁉」

目の前にいたのは、私が置いた雑誌の上にちょこんと座る白い猫だった。まだ成猫とは呼べないあどけなさがある。かといって、子猫というほどでもないので、生後数か月というところか。全身真っ白だが、額にぽつんと黒い点があり、ホクロのように見えた。猫は私を揶揄《からか》うように尻尾《しっぽ》をゆったり振っている。

「あ、もしかして窓から？　可愛いー！　でもこのお部屋はなあ」

いつも窓は開けっぱなしになっているので、そこから侵入したのだと思われる。他の部屋ならまだしも、浄霊の部屋はさすがにダメだろう。キッチンに何か餌になりそうな物がないか探してきて、部屋の外におびき寄せようか。そう考えていると、

「どうした」

突然背後から声がした。振り返ると悠さんが部屋の外で気怠《けだる》そうにお腹を掻《か》きながら立っている。

「あ、悠さん！　窓から猫が入ってきちゃって。部屋から出そうかなーと」

「お前よく見てみろよ。そいつは客人だ」

呆れたように言われたのでじっと目を凝らしてみると、白猫が踏みつけている雑誌が、猫の体越しに見えることに気が付いた。猫はやや透けていたのだ。

「あ、この猫ちゃん実体がない⁉」

「気づくの遅。この部屋は居心地がいい場所だから、そうやって色んな霊が勝手に入ってくることがあるって春斗も言ってただろうが。ほっとけばいい」

言われて確かにそんなことを言っていたと思い出したが、まさか、猫まで入ってくるとは思わなかったのだ。なるほど、この子も浄霊の部屋に惹《ひ》かれたお客さまというわけだ。私は感心しながら言った。

「まさか人間だけじゃなく動物の霊まで入ってくるなんて、凄《すご》い部屋ですね」

「まあ悪霊は入れないんだから安心しろ。それよりチビ、忘れてた。今朝相談の電話が入って、現場に話聞きに行かなきゃならねーんだった。お前も付いてこい」

「へ⁉　今からですか⁉　もっと早く言ってくださいよ！　そもそもどこからの依頼なんですか？」

「だから忘れてたって言ったろ。相手はコンビニを経営する店長だ。店舗の仕事を抜けられないからこっちに来られない、来てくれって頼まれたんだよ。分かったならはい、出発ー」

　そう言うと悠さんはさっさと歩きだしてしまった。私は慌てて掃除道具を持ち、後を追う。一度だけ部屋を振り返ると、猫が気持ちよさそうに雑誌の上で寝そべっていた。うぅん、雑誌がベッドになってしまっている。まあ、気に入ったのならいいか。帰りにキャットフードでも買ってきてあげよう。そう思って部屋を後にした。


　また車の運転をさせられるのかと思いきや、コンビニは案外近いところにあるので徒歩だと言う。彼とくだらない会話を交わしながら、日差しが照りつけ暑い中、歩みを進めていく。

　家から十五分ほど歩いたところで、一軒のコンビニに辿り着いた。そこそこ広い道路に面しているが、周辺は民家の他にドラッグストアや小さな公園などがあり、地元民に利用されることが多そうな店だ。やたら広い駐車場には車が三台止まっているだけで閑散としていた。通勤の時間帯が過ぎ、客足が落ち着いてくる頃なのかもしれない。

　さて、この店の店長が一体どんな事で悩んでいるのか。私は店に入る前に悠さんに尋ねてみた。

「悠さん、それでどんな依頼だったんですか？」

「電話で聞いたところによると、この店に夜中、定期的に招かれざる客が来るらしいぞ。

それでバイトが怖がってて深夜のシフトに入りたがらないので、店長自身が働かざるを得ず困っている、というわけらしい」

「へえ、夜中にお客さんですか」

「一体どんな客かは僕もまだ詳しく聞いてないんだけどね」

「じゃあ直接訊《き》くしか……って、あれ？　水城さん？」

言葉遣いに違和感を覚えて隣を見上げると、柔らかな顔で微笑む男前がいたので面食らう。一体いつの間に交代したのだろう。二人の入れ替わりは前兆も何もないので、どうしても驚いてしまう。水城さんは申し訳なさそうに言った。

「ごめん、ついさっき僕に替わってたんだよ。言うの忘れてた」

「い、いえ。大丈夫です、ただまだ慣れなくて」

「そりゃそうだね。これから徐々に慣れてくれれば大丈夫だよ」

優しくそう言ってくれる水城さんを見ながら、内心ため息をついた。これほど交代に驚いてしまうのは、二人があまりに正反対の性格だからというのも大きい。何もかもが違いすぎるのだ。

というわけで、結局は水城さんと二人でコンビニに足を踏み入れた。夏本番はまだ少し先だが、店内はすでに冷房が入っているらしい。瞬時にひんやりした空気に包まれ、汗が引いていく。入店するとそれを知らせるチャイム音が店内に鳴り響いた。

「いらっしゃいませー」

声がしたレジの方を見てみると、中年の男性が立っていた。どこか顔色が悪く、げっそりした表情で、顎《あご》には無精ひげが生えている。コンビニの制服を身にまとい、眠そうに目を擦《こす》った。私たちは彼に近づき、水城さんがまず挨拶《あいさつ》をする。

「おはようございます、ご連絡を頂いた水城です」

「スタッフの藤間です」

その言葉を聞いた途端、男性の顔は安堵《あんど》に満ち、力ない笑みを浮かべ私たちに頭を下げた。

「ああ、早速来て頂いてありがとうございます！　店長の木下《きのした》と申します。もう、僕一人ではどうしたらいいのか分からなくて……」

「相当困っているのですね、まずはお話を詳しく伺いたいのですが」

「ええ、ええそうですね。今なら少しの時間でしたら抜けられるので大丈夫です。おーい、ちょっと裏に入るけど、なんかあったら呼んでくれ」

店長は店内に向かってそう声を上げた。すると、品出しをしていたらしい青年がひょこっと棚の間から顔を出す。大学生ぐらいの子だろうか、頷《うなず》いてこちらに会釈した。私たちはそのままレジカウンター奥の扉へと案内される。

中は広いとは言えない休憩室があった。店内の映像が見られるモニターに、パイプ椅子と小さなテーブル、上には適当なお菓子が載っていた。店長はテーブルのお菓子を慌てて端によけると、私たちにパイプ椅子を勧めた。二人で並んで腰かけ、店長も正面に座る。

「今朝は突然のお電話ですみませんでした。そしてわざわざ足を運んでくださりありがとうございます。バイトの子たちが深夜のシフトに入りたがらないので、私が夜中から早朝までやらなくてはならなくて、日中も店長としての仕事があってそちらに伺う時間がなかなか取れず」

「いいえ、それは大変な状況ですね。お疲れだと思うので短時間で済ませましょう。夜中に招かれざる客が来る、というお話でしたが」

店長は沈んだ表情で頷く。

「ええ、それはつい二週間ほど前からです。よく深夜に入ってくれているバイトの子達の話なんですが……夜は客がいない時は、ここで休憩することもあるんです。入店のチャイム音を聞いたり、もしくはあのモニターでレジに客が来たのを見たら表に出る、そういうやり方なんですがね」

店長が視線でモニターを示した。見てみると、なるほど店内の様子が様々な角度から分かる映像が映し出されている。万引き防止などにも用いられる防犯カメラだろう。

「その日、バイトの子たち二人で休憩していると、自動ドアが開いたのを知らせる音がしたそうなんです……」

店長の話はこうである。

来客かと思い、一人の店員が表に出た。もう一人は裏で座ったまま休憩を続けていた。

ちらりとモニターを見たところ、誰も映っていない。はて、確かにチャイム音が聞こえたはずだが、誤作動か、もしくは客が入ろうとして止めたのか。どちらにせよ、すぐにもう一人も戻ってくるだろうと思い待っていたが、しばらく経っても帰ってくる様子がない。

不思議に思い、立ち上がって表に顔を出してみると、仲間はレジに立っていた。声を掛けようとした時、再度チャイム音が鳴る。今度こそ来客かと思い、そちらに目を向けてみるが、開きっぱなしになったドアが見えただけだった。

『また誤作動？　さっきも鳴ったけど、誰もいなかったじゃん』

そう何気なく尋ねると、仲間は驚いたように目を見開いた。

『え、客来てたじゃん、何も買っていかなかったけど』

話が嚙《か》み合わずよくよく聞いてみると、モニターには誰も映っていなかったのに、レジにいた仲間には客の姿が見えていたとか。そして先ほどドアが開いていたのは、客が帰った直後だったというのだ。休憩室にいた方は、モニターに誰も映っていなかったことを伝え、信じようとしない仲間に映像を巻き戻して見せた。するとやはり、店内には誰も入ってきておらず、眠そうにレジに立つ仲間の姿しかなかったという。

この話はすぐにバイトの仲間内で拡散された。初めは皆面白がっていたが、その数日後、別のバイトが全く同じ経験をしてしまい、一気に恐怖話になってしまった。夜中に買い物に来る姿なき客は、計四人のバイト達に目撃されている。案の定、皆深夜のシフトに入りたがらなくなり、店長は自分で店を回すしかなくなって、私たちに依頼したのだそうだ。

話を聞き、ぶるっと震えた。私は夜中に働いたことはないのだが、得体のしれない来客だなんて想像するだけで怖い。だが、不幸中の幸いというべきか、攻撃的な霊ではなさそうだ。これは浄霊の部屋行きの案件だろうか。隣の水城さんは黙って聞いていたが、店長の話が終わるとすぐに質問を投げかけた。

「店長はその客を目撃されましたか？」

「生憎《あいにく》タイミングが悪かったのか僕は一度も……ああ、今から出勤してくるバイトの磯《いそ》部《べ》って子が目撃した一人なので、直接話を聞いていただけると良いかと思います。彼によると、どうやら見覚えのある人物だったみたいでして」

「見覚えがある？」

水城さんと二人で聞き返した。店長は頷く。

「以前からよく来ていた客だそうです」

私たちは顔を見合わせた。つまりは常連だった人が、何らかの原因でこの世からいなくなり、その後も店にやってきているというわけだろうか。なるほど、それなら身元はすぐに分かるかもしれない。

水城さんがさらに質問をしようとしたとき、突然休憩室に人が入ってきた。向こうは誰かいると思わなかったようで、驚いたように足を止めている。これまた大学生と思《おぼ》しき青年で、眼鏡をかけた真面目そうな子だった。店長が立ち上がって笑顔を見せる。

「あ、磯部くんおはよう！　水城さん、この子ですよ、実際目撃したのは。磯部くん、例の件で除霊に来て貰《もら》った水城さんと藤間さんだ。よければ詳しい話をお二人にしてほしいのだけど」

磯部さんは面食らったように目を丸くしていたが、小さく頭を垂れ、小声で私たちに言った。

「あ、どうも……磯部です。除霊とか、店長マジで呼んだんですか」

「だって誰も深夜のシフト入りたがらないから」

「そうっすね、店長このままだと過労で死にそうですもんね。えっと、自分に出来ることがあるなら」

目撃者本人から話を聞けるのならそれが一番いい。水城さんも同じことを思ったようで、磯部さんにパイプ椅子に座るよう促す一方で、店長には帰宅を勧めた。顔色からして明らかに疲労困憊《こんぱい》なので、早く帰って休んだ方が良いと伝えた。私も同感で、店長の体調が心配でならない。多分毎日夜勤をやって、日中も休みなく働いてるんだろう。店長なら店に立つ以外にも仕事があるだろうし。

何かあれば連絡を入れると約束すると、店長は何度も頭を下げて帰宅して行った。やや足元がふらついているのが心配で、ハラハラしてしまう。早く解決して、皆が安心して働けるようにしてあげたい、と強く思った。

残された磯部さんと向き合うと、水城さんはすぐに切り出した。

「どのような体験をされたかはざっと聞きました。二週間ほど前から夜中に、カメラに映らない来客が繰り返しあると。それで、その人に見覚えがある、ということも伺ったのですが」

磯部さんは頷く。やや気まずそうに俯《うつむ》きがちなまま答えた。

「えっと、俺よく夜中のシフトに入ってて……何度か見たことあります、多分生きてた頃。あのおばあちゃんは印象に残りやすくて」

「おばあちゃん？」

私はつい声を上げた。相手は老女らしい。

「はい、結構定期的に夜に来るおばあちゃんです。週に一、二回は来てたかな。年は七十ぐらいで、小柄で髪が灰色の人。えっと、多分……ホームレスかな、と。こう、身に着けてる服もいつも同じで、あまり清潔な感じはしなかったし。ホームレスじゃないにしても、かなり貧しい生活をしてると思います」

「なるほど、それは確かに印象に残りますね」

「身なりもそうですけど、買っていくものもいつも一緒なんです。パックのご飯一つです。それを店のレンジで温めて帰っていく、それがいつも同じでした」

彼の話を聞いて、大分相手の姿が浮かんできた。おかずも買わずご飯のみ、しかも温めるのさえ店内で行っているとなれば、確かにホームレスである可能性も高くなると思う。パックご飯は確か百円と少しで購入出来るので、わずかなお金をかき集めて買っていたのかもしれない。

だがやはり、磯部さんを始め、深夜のシフトに入っていた人たちは皆、彼女の身元までは分からないという。定期的に来ていたのが、いつの間にか来なくなり、気が付いたら実体が無くなった状態で来店するようになったそうだ。水城さんは一通り話を聞き終えると、磯部さんにお礼を言って話を切り上げた。忘れていたが、彼は今から働くのだ。あまり長時間拘束するのは申し訳ない。

磯部さんが店頭に出ていった後、水城さんはスマホを取り出し何かを調べだした。この周辺で最近亡くなった高齢女性がいないか調べているんだ、と気づき、私も慌てて同じように調べてみるが、特に目ぼしいものはヒットしなかった。それは水城さんも同じようで、すぐに眉尻《まゆじり》を下げながらスマホをしまった。

「特に事件らしきものは見つからないね。事件性のない自然死ならニュースになることはないだろうし、当然と言えば当然か。まあ、他殺や事故死などではないってことだね。このコンビニを利用しているなら近くに住んでいたのだろうけど」

「そうですねえ。亡くなってからもここに買い物に来てるなんて、よっぽど店に思い入れがあるんでしょうか」

「ううん、どうだろう。磯部さんの話じゃ、店員たちと親しくしていた様子はなさそうだよね」

「とすればやはり考えられるのは、生前空腹で苦しんでいた、ということかな」

腕を組み、考えながら彼は言った。それは実に説得力のある考え方だった。毎回パックご飯の購入で精一杯な生活だったとすれば、かなりひもじい生活をしていたと言える。亡くなってからも飢えから救われず、ご飯を買いに来ようとしているのかもしれない。

「あ、そうでしたね……」

水城さんは立ち上がり、私に微笑みかけた。

「とりあえず一旦《いったん》店内を見てみよう。そして、夜にまたお邪魔することにしようか。霊は夜に来ることが習慣化されているのなら、いくら藤間さんがいたとしても昼間に会うのは難しいだろうし。ま、他の客もいるから、昼間に来られても困るけどね」

私は水城さんに同意し、一緒に休憩室から出た。


店内に戻ってみると、さっき品出しをしていた大学生らしき青年と、磯部さんが動き回っていた。店内には女性と子供の客が一組買い物しているだけだった。お菓子売り場にいる二人を微笑ましく横目で見ながら、私と水城さんはゆっくり歩いて回った。

日本のコンビニは品揃えが素晴らしい。食品は勿論《もちろん》、化粧品、本、文具に洗剤、あらゆる品々が置かれている。ぼんやり眺めながら水城さんに話しかける。

「コンビニって本当に便利だけど、二十四時間営業する側は大変ですよね」

「そうだね。夜中にやってるのは本当に便利だけどね。この前も深夜に目が覚めちゃって、悠が漫画を買いに来てたよ」

「悠さん、漫画好きですねー！」

笑って答えたものの、朝の悠さんの発言が脳裏にちらついてすぐに口を閉じる。漫画の続きが読めるだけでもありがたい、なんて、急にしおらしいことを言うからだ。私には図々《ずうずう》しいくせに、水城さんには結構気を遣ってるんだから。

私が考えていることに気づいたのか、水城さんが言う。

「本当に、僕の体ではあるけど、もうちょっと自由にしていいのに。あいつ本読むくらいしかしないいんだよ」

「ううん……私には全然気を遣わずにいかがわしい雑誌読んでましたけど」

「あはは！　女の子がいるのにあれはないよね。藤間さんには随分気を許してるんだよ」

「あんな気の許し方、嫌です！」

笑う水城さんの横顔を見ながら、ぼんやりと思う。二人に圧倒的に足りないのは話し合いなんだろう。細かいことを決めないまま体の共有が始まってしまい、直接話すことが出来ない状況なので、物事がうまく進まない。多分お互いに思っていることは何となく理解してるのに、だ。

それに、そもそも二人が体を共有するに至った原因には、何か重大な理由があるに違いない。第三者の私には到底理解しきれないほどの、深い理由が。

そんなことを考えていると、ふと、あるコーナーが目に入った。よくある大学ノートが何冊か並んでいる。それに手を伸ばそうとしたとき、背後で水城さんが声を上げた。

「これじゃない？　パックご飯って」

振り返ってみると、彼が手にしていたのはレンジで温めればすぐに食べられる、よく見る代物だ。

「きっとこれですね！　うぅん、おにぎりとかじゃなくてパックご飯を選んでいた辺り、やっぱりお金がなかったんでしょうか。こっちの方が量が多いから」

「まあ、そうだろうね。ただ量だけで考えれば、食パンを買った方がお得だと思うけど、食の好みかな」

小さく首を傾げながら彼は言った。高齢な方の中にはパンより米がいい、とこだわる人がいてもおかしくはない。その人もそうだったのだろうか。いずれにせよ、主食だけしか食べない生活は、あまり健康上よろしくないと思うのだが。

引き続き店内を歩いたが、特に目ぼしいものはなかった。これ以上は夜にならないと無理か、と水城さんと話し、やはり夜に出直してこようと決めた。私たちは品出しをしている磯部さんに声をかけた。

「磯部さん、すみません。今は何も見当たらないので、夜に出直そうと思います」

彼は手を止めて振り返り、ずり落ちそうな眼鏡を直しつつ頭を下げる。

「分かりました。夜はまた店長がシフトに入ると思うので……よろしくお願いします」

「はい、また伺います。ああそれと、おばあさんは必ずパックご飯のみを購入していたんですよね。霊となってから来た後はどうしていたんですか？」

「ああ、多分まだ買おうとしてました。売り場まで行って悲し気に棚を見て、泣きながら帰っていくんです」

「泣きながら……」

小さな声で呟《つぶや》く。やはり、相当ひもじい思いをして亡くなったんだろうか。お腹がすいてご飯を買いたくても、今は買うことが出来ないので悲しんでいるとしたら、あまりに辛《つら》い。

私は言葉もなく、その光景を想像して胸が締め付けられた。

二

水城さんの提案で、一旦帰宅して夜まで休憩し、再度集合することになった。またコンビニで集合するつもりでいたのだが、水城さんが私の住むアパートまで迎えに行くね、と言い出したので、私は驚きで吹っ飛んだ。遅い時間に女性一人で歩くのは危ないから、という大変紳士的な理由で、わざわざ迎えに来てくれるというのだ。アパートと水城さんの家はバスか電車を使わないと通えない距離にあるので、申し訳ないと思いつつもお言葉に甘えることにした。

だがこんな展開、落ち着けるわけがない……！　帰宅したものの、夜にあのイケメンが私の家まで来てくれるのかと思うとテンションが上がってしまい、仮眠どころの騒ぎではなくなってしまった。すっかり目も覚めてしまい、とりあえずシャワーを浴びて適当に夕飯を済ませ、荷物をまとめておく。まるでデートに行く前みたいだ、なんて頓珍漢《とんちんかん》なことを考え、ドキドキしながら水城さんを待っていた。

そしてついにインターホンが鳴り響く。まさに飛び跳ねながら玄関に走り、ドアを開けた瞬間、目の前に立っている男を見て私は瞬時に察した。

片足重心でポケットに手を突っ込み、私を見下ろすその人が、水城さんのわけがない。

「あれ……えっとこんばんは」

「はあーめんどくさ、ここからコンビニまで戻るとか。春斗も変な提案しやがって」

大きなため息を漏らした悠さんをぎろりと睨《にら》みつけた。そりゃ手間を掛けさせたけど、そんな言い方しなくてもいいではないか。私は口を尖《とが》らせながら外に出て、玄関の鍵《かぎ》を閉める。すると悠さんが怪訝《けげん》そうに尋ねてきた。

「お前、なんだその荷物は」

「あ、お腹がすいて成仏できない霊っぽいので、おかずを用意してみました！　お供えしたらいいかもって」

「馬鹿かよ、食べ物ならコンビニに並んでるだろ。弁当一個買ってやれば済む話だろ」

「ああ、これだから繊細さを欠いてる男は。ちゃんと家庭の味を意識した手作りご飯ですよ！　コンビニ弁当より嬉《うれ》しいし温かいでしょうが！」

「お前の手作りとかこわ」

「いつかその口、縫い付けますね」

家で時間を持て余していたので、おばあさんの霊用にも料理を作ってみたのだ。それと、あの部屋に遊びに来た猫ちゃん用に、帰宅途中のスーパーで缶のキャットフードも調達済み。この努力を失礼な言葉で馬鹿にする男に、頰を膨らませながらアパートを出る。

すると、すぐ目の前にタクシーが一台止まっていた。そうか、悠さんは免許を持っていなかった。水城さんだったら自分で運転してきただろうし、となるとつまり、家を出るときにはもう悠さんだったってことだよね。

ちらりと悠さんを見上げた。彼はなんだよ、と顔をしかめる。

「いや、悠さんなら私を迎えに来るなんて、めんどくさがるかと思って」

「めんどくせーよ」

「でも、実行してくれたんですね？　電話でやっぱりコンビニまで一人で来い、って言えば済むことなのに」

私の指摘に彼は何も答えず、目をそらした。その様子に少しだけ微笑む。そうか、嫌々ながらも約束を守ってくれたんだ。

そのまま二人でタクシーに乗り込んで行き先を告げる。悠さんは外を眺めながら黙ったままだ。しばらくの沈黙の後、私は口を開く。

「あの、水城さんが言ってましたけど、悠さんって本当に漫画が好きなんですね。他に好きなものとかないんですか?」

「んー色気のあるお姉さんが好き」

「それ以外!」

「さあ、なんだったかな。仕事は結構好きだよ、除霊なんて他の奴らは出来ないからな」

なんだか上手《うま》くはぐらかされている気がする。私が聞きたい話題を、彼はサラリとかわして逃げようとしているように思った。水城さんがもっと自由にしてほしい、って思っていること、悠さんも知っているはずなのに。ただ、もし自分が悠さんの立場だったら、友達の体を借りて生きるだなんて、確かに色々気を遣ってしまうとも思う。仲がいいからこそ、一線を引いてしまうだろう。

夜道は静かで、車が走る音ばかりが響いている。店は殆《ほとん》ど明かりを消し、街灯とヘッドライトの明かりだけが街を照らしていた。タクシー特有の車の匂いに包まれながら外を見ていると、不思議と感傷的な気持ちになってくる。隣にいる人は、実はもうこの世にいないだなんて、きっとタクシーの運転手さんに言っても信じるわけがない。

頭の中で色々と考え事をしていると、目的地の近くまで来ていた。あと少しで店が見えてくるだろう、と思った瞬間、突然車が急ブレーキをかけた。大きなブレーキ音と共に急停止した反動が体を襲い、ぶわっと体が前のめりになる。しかし、そんな私の体を押さえるように隣から腕が出てきた。頭ががくんと揺れ、何が起こったか分からず、ぽかんとする。

「すみません！　お客さん大丈夫ですか！」

焦ったように運転手さんが振り返る。悠さんが私を押さえていた手をすっと下ろし、彼がとっさに庇《かば》ってくれたのだと分かった。

「あ、私は大丈夫、です！」

「俺も別に」

「ああ、よかった。ちょっと動物が飛び出してきたみたいで。発進しますね」

ほっとした運転手さんはすぐに車をゆっくり動かした。私は隣を見上げ、悠さんに小声でお礼を言う。不覚にも、少しときめいてしまった。

「すみません、ありがとうございました……」

「お前はチビだからな、吹っ飛びやすいだろ」

「チビじゃないです！　シートベルトしてますもん！」

「それもそうだったな」

鼻で笑うように言ってくる彼に、なぜちゃんと感謝させてくれないんだろうと苛立《いらだ》った。この人、感謝されるのがそんなに嫌いなんだろうか。

ようやくコンビニに到着し、タクシーが停まる。私が財布を取り出そうとすると、隣から穏やかな声が聞こえた。

「藤間さん、払うからいいよ」

横を見てみると、いつのまに交代したのか、水城さんが私に微笑みかけていた。次から次へと忙しい人たちだ。

「水城さん、いつのまに！」

「はは、今さっき替わったばかりだよ。さて、早く解決するといいね、頑張ろう」

そう言って会計を済ませる。私と水城さんはタクシーから降り、コンビニへと向かった。

店内へ入ると、今朝会った店長が一人ぐったりした顔でレジに立っていた。家でも気が休まらなかったのだろうか、顔には強い疲労感が残ったままだ。しかし私たちの顔を見た途端、パッと顔が明るくなり期待の眼差《まなざ》しを向けられたので、プレッシャーを感じてしまう。店長のためにも早く解決してあげたい気持ちは山々だが、老女の霊って、毎日は来ないみたいだし、今日解決するとも限らないわけで……。

店内でずっとうろうろしているのも、他のお客さんから怪しまれるかと思い、とりあえずは休憩室にお邪魔し、異変が起きたら外に出ることになった。

それからしばらく経ったが、何も起こらず時刻は午前一時を回った。客足はぐっと減り、店長も休憩室に入り、テーブルに突っ伏して休んでいる。夜中のコンビニとはこんなに静かなものなのか、と初めて知った。場所も住宅街に近いので、特に夜間は客が少ないのかもしれない。私と水城さんは異変を待ち続けるしかなかった。

またしばらく何もないまま時間だけが過ぎ去っていき、店長はいつのまにか眠っていた。水城さんは再度スマホで調べ物をし、それを頑張って手伝っていた私も、ついにうとうとしてしまっていた。殆ど何の物音もしない中で、半分夢の中に入り込んでしまっていたが、その時、突如明るいチャイム音が鳴り響いた。

ぱっと店長が頭を上げ、すぐに店の方へ出て行った。見事な反応で、反射的に体が動くようになっているんだろうなと感心する。が、隣の水城さんが神妙な顔をしてモニターを眺めているので、どきりと胸が鳴った。恐る恐るそちらに視線を向けると、誰もいない店内を映し出す画面があった。

そう、誰もいない店内。

隅に店長の姿が小さく映っている。だが、それ以外は誰もいない。さっきは間違いなく自動ドアが開いたのを知らせる音がしたというのに。水城さんは無言のまま私に目配《めくば》せした。私も頷《うなず》き、静かに立ち上がると、二人でそうっと店の方へ出た。

明るい店内、レジには店長。それだけならよく見る光景なのだが、ある異質なものが目に入った。

ひた、ひた。

非常にゆったりした足取りで歩いてくる人がいる。小股《こまた》ですり足なその足音は、やけに耳についた。その人は思っていた以上に悲惨な恰好《かっこう》をしており、つい息をのむ。よれよれの服は汚れも酷《ひど》く、ボタンも取れて洗濯バサミで留められている。曲がった背中に、髪はボサボサのグレー、痩《や》せてこけた頬、窪《くぼ》んだ目からは生気がまるで感じられない。

老女は手をだらりと横に垂らしたまま歩き続ける。私と水城さんは静かにその後を追う。そしてやはり、老女はあのパックご飯の棚の前までやってくると、ぴたりと足を止めた。

老女は動かず、ただじっとご飯を見つめている。固唾《かたず》を呑《の》んで見守っていると、次の瞬間、彼女はご飯を取ろうとするように腕を伸ばした。だがしかし、実体がないその腕はするりと通り抜けてしまう。老女はそれに気づき、口から小さな嗚咽《おえつ》を漏らした。悲痛で、聞いているこちらも苦しくなるような声だった。

「どうしたんですか」

少し離れた場所から柔らかな声で、水城さんが話しかけた。それが届いたようで、老女はびくっと体を反応させこちらを見る。目玉が零《こぼ》れそうなほど目を見開き、じいっと私たちを見ている。そんな相手に全くたじろぐことなく、水城さんは続けた。

「何かお困りですか？　何をしたいんですか」

質問に、彼女は答えない。ただこちらを警戒しながら見ているだけだ。それでも水城さんは根気強く続けた。

「困っているなら、力になりますよ。どうぞ教えてください」

ついに老女が動き、棚の方に向き直り、ゆっくりとあるものを指さした。やはりというか、パックご飯を示していた。そんな彼女に従うように、水城さんはご飯を一つ手に取る。そして、レジですっかり怯《おび》え切って存在を消していた店長に声を掛ける。

「すみません、ひとつ頂きますね。後で代金払います」

「ひゃい！　ご、ご自由に！」

店長の返事を聞き、私は言った。

「水城さん、私、温めてきます！」

「ああ、ありがとう」

彼からパックご飯を受け取り、急いで電子レンジで温めた。生前もこうして温めてから持って帰っていたのだから、そうしなきゃね。そう思いながら温めている最中、そういえばおかずも作ってきたんだったと思い出し、慌てて裏から取ってきた。

水城さんは、何やら考え事をするように腕を組んで、静かに老女をじっと見つめている。不思議に思いながらも、私はご飯とおかずを老女に差し出した。

「お待たせしました、どうぞ！　温かいですよ。それに、おかずもあります、お口に合えばいいんですが」

そう笑いかけるも、彼女は私が持つ食事に特に反応しなかった。それどころか、ふいっと顔を背け、ドアの方に向かっていってしまったのだ。私は差し出した腕をそのままに、ぽかんとした。あれ、お腹がすいてご飯を買いにきたんじゃないの？

水城さんが小さな声で言う。

「ちょっと追いかけてみようか」

「わ、分かりました」

私たちはそのまま老女の背中を追った。一定の距離を保ったまま、彼女の後ろをゆっくり歩く。ついに店の外に出てしまい、むわっとした熱い空気に包まれた。

辺りは静かだった。たまに遠くで車が走る音がするくらいで、歩行者は誰もいない。寂しげな街灯があるだけの道を、彼女はすり足で進んでいく。闇の中に消えてしまうのではないかと心配になったが、そうはならず老女は歩き続けた。そのままいくらか進んだあと、彼女は小さな公園らしきところに入って行った。もしかして、ここが生前よく過ごした場所だったのだろうか？

公園はあまり広い場所ではなく、また寂れているように見えた。錆《さ》び付いた滑り台が一台と小さな砂場、それとベンチがあるぐらいで、子供たちもあまり遊びに来そうにない。彼女はそのままベンチに腰掛ける。丸まった背中をさらに丸くし、小さくなっていた。彼女に私は近づき、再度温かなご飯とおかずをベンチの隣に広げた。

「どうでしょうか、お腹空《す》いてませんか？」

私の問いかけに何も答えないばかりか、こちらを見ようともしない。てっきり空腹の辛《つら》さから成仏出来ないのかと思っていたのだが、違うのだろうか。後ろに立つ水城さんに助けを求めようとするが、彼はずっと難しい顔をしている。

すると突然、老女が小さな声を発した。私は聞き逃さないようにと必死に耳を傾ける。

『……しの……だち』

「え？　何ですか？」

小さくて聞き取れない。聞き返すが、老女は答えるより先に泣き出してしまった。どうしていいのか分からず戸惑ってしまう。彼女は涙を流しながら、置いてあるパックご飯の上で擦《さす》るように手を動かし、苦しそうな声を漏らしている。すると背後から、水城さんの声が響いた。

「もしかして、友達？」

ぴくりと老女の泣き声が止まる。再度、水城さんは問いかける。

「私の友達？　そう言いたいんですか？」

なるほど。さっき呟《つぶや》いていた言葉はそれだったのか。老女はすぐに頷き、呆然《ぼうぜん》としたようにご飯を見つめている。もしかして、ホームレスの仲間がいたんだろうか。私は水城さんのそばに近づき、小声で尋ねる。

「お友達に会いたいんでしょうか？　それが心残りでいるのかも」

「恐らくそうだろうね」

「一目だけでも会わせてあげられたら、気持ちよく浄霊の部屋に行けますよね。でもどうやって捜せばいいんでしょうか、何か情報を聞き出せたらいいんですが……」

そう言って、もう一度老女に話しかけようと近づいた。その時、ついベンチに足が当たってしまい、置いておいた鞄《かばん》が落ちてしまった。中からコロリと猫缶が飛び出す。それを見た途端、彼女は大きく目を見開いた。わなわなと手を震わせ、じっとそれを見つめている。

「あ、私が持ってきた猫缶……」

「なるほど……これでハッキリした。おばあさん、相手は人間じゃないのでは？」

水城さんが突然そんなことを言いだしたので驚いた。だが彼は至って真剣だ。振り返って老女を見てみると、なんと彼女は顔を上げてこちらに頷いていた。その様子に、正解だったのだと分かり、呆気《あっけ》にとられ水城さんに問う。

「え？　人間じゃないって、一体どうして？」

「きっと猫、だね。見てごらんあそこの砂場。シートが掛けてあるでしょう？　あれは猫が糞尿《ふんにょう》をするのを防止するためのものなんだ。それでこの辺には野良猫がいるのかなと思ってね」

言われた通りに見てみると、確かに砂場には大きなシートが掛けてある。なるほど、猫は砂の中に排泄《はいせつ》する習性がある。それを防ぐためだったのか。彼はなおも続けた。

「それにさっきもなんでだろうって話してたでしょう。おにぎりでも食パンでもなく、パックご飯である件について。コスパや食の好みのためかなと結論付けていたけど、多分ご飯は猫とわけて食べていたんだろう。パンって、猫に与えるのはあまりよくないんだよね。おにぎりも塩分の強い具とか入ってるし、猫と半分こするにはパックご飯が一番よかったんだろう」

水城さんの鋭い指摘に、口を開けたまま感心してしまう。なるほど、お金がないので猫用のご飯を買う余裕はなかったので、自分と一緒に食べられる物をと考えたら、パック ご飯が最適だった、というわけか。

「それにほら、さっき僕たちがタクシーに乗ってるときも猫が飛び出してきたじゃない？　やっぱりこの辺、野良猫が多いんだろうね。うちの家の周りはそうでもないのになあ」

「あ、さっき飛び出してきたの猫だったんですか……ちゃんと見てなくて」

「おばあさん、友達の猫と会いたいのかもね。今でも猫にご飯を与えたくてコンビニに行ってるけど買えないし、この様子じゃ猫もいなくなってる。それで彷徨《さまよ》ってるのかも」

私はゆっくり彼女を見た。皺《しわ》だらけの顔に大粒の涙を流している。その姿に胸が苦しくなった。あまりお金がない中、限られた食べ物を分け与えるほど大事にしていた猫。それは彼女にとって友達であり家族だったのだろう。老女がなぜ亡くなったのかは分からないが、突然の死で猫に会えなくなり、悲しみに暮れている。

水城さんは少し困った顔でしゃがみ込み、やや離れた所から老女の顔を覗《のぞ》きこんだ。

「さすがに、猫捜しは難航するだろうから、会わせてあげるのは難しいかな……。悲しいとは思いますが、彷徨っていても何も変わりません。よければ、ゆっくりできる場所を用意出来るので、僕たちと一緒に来ませんか。そこで気持ちが落ち着くまでいてくれれば」

水城さんの話に、彼女は小さく首を振った。私たちは立ちつくす。さて困った、本人が拒否しては部屋に連れていけない。コンビニと公園を往復するまでは、成仏に時間もかかるだろうし、コンビニの店長の悩みも解消されない。水城さんも悩むように考え込む。すると、そこでようやく老女ははっきり言葉を口にした。

『私の唯一の友達で……一体どこに行ったのかしら。お腹を空かせているかも。あの子だけは、私を避けずに近づいてきてくれた』

か細く掠《かす》れた声に涙を誘われる。もう一度だけでも会えたらきっと安心するんだろうな。野良猫捜しって、成功することはあるのだろうか。私は意を決して尋ねてみた。

「おばあさん！　猫ちゃんどんな子ですか？　この辺にいるなら、私頑張って捜してみます」

涙で濡《ぬ》れた睫毛《まつげ》を揺らし驚く彼女に、にっこり笑って見せる。すると初めて、老女は表情を緩めた。水城さんも、微笑んでいる。彼女は小さな声で答えた。

『真っ白で……でも額に黒い点がある、ブチって私は呼んでた』

その特徴を聞いた途端、私と水城さんは止まった。一瞬の間があったあと、勢いよく顔を見合わせる。その分かりやすい特徴は、見覚えがあるではないか！

今日の朝、浄霊の部屋に入り込んできた一匹の猫。今もきっと部屋で寛《くつろ》いでいるはずの猫。あの子は全身真っ白で、額にだけ黒い模様があった。そこにある猫缶は、あの子のための物だったのだ。

こんな偶然あるのだろうか、と驚いたがすぐに思いなおした。コンビニとあの家は、さほど遠くない。距離的にも、霊となった猫が入ってきても不自然なことではないだろう。私は弾んだ声を上げた。

「おばあさん！　その子うちにいます、先に来ていますよ！」

彼女は驚いた様子で私たちを見た。すぐに、水城さんがフォローを入れてくれる。

「猫は、残念ながら何らかの理由で亡くなってしまっているようです。でも、その子は霊となった今、僕たちの家に遊びに来ています。そこにある猫缶はその子のために藤間さんが用意したものですよ。猫はとても気持ちよさそうにうちの部屋で寛いでいます。会いにきませんか」

『ブチが？』

「もしかしたらブチちゃんも、あなたを捜して彷徨ってる間にうちに辿《たど》り着いたのかも。居心地の良さは保証します、そこで二人ゆっくりしませんか」

柔らかな水城さんの声が、公園の闇に溶けていく。途端、老女の目から今まで以上に大きな涙が零《こぼ》れた。彼女は何度も何度も頷《うなず》きながら嬉《うれ》しそうに笑った。そして、少し経った頃、音もなく消えていったのだった。

三

残されたのは冷めてしまったご飯と、悲しいことに何の役にも立たなかった私の手作りおかずだけだった。だが、老女の嬉しそうな顔を思い出し、ほっと胸を撫《な》でおろした。

今回は、きっとすぐにでもあの部屋に来てくれるだろうという確信があった。猫缶以外にも、おもちゃとか、おばあさんのためにも何か置いてみようかなあ。

ぼんやりしている私の横で、水城さんが置きっぱなしだった食べ物を片付け始める。

それに気づき、慌てて手伝おうとする。

「すみません！　結局全然使えなかったおかずたちが」

「とんでもない。おかずに興味を示さないところを見て、ご飯だけに執着するのは何でかなあって気づけたんだよ。藤間さんありがとう」

「い、いいえ。少しでもお役に立てたなら、作った甲斐《かい》があるというものです」

「もしよかったら、これ僕が後で食べてもいい？　美味《おい》しそうだから、実はずっといいなあって思ってたんだよね」

ふわりと笑う水城さんを思わず拝みたくなった。私を気遣ってこんなことを言ってくれるんだ、悠さんなんて私の手作りは怖いとか言っていたのに。まさに雲泥の差だ。

「そんなものでよければ！」

「ありがとう。さて、かなり夜も更けてしまったね。あとは店長に解決したことを説明するだけだし、藤間さんは先に帰って。タクシーを呼ぼう」

「え、そんな、私だけ」

「あと少しだから大丈夫。遅くまで女性を働かせてしまってごめんね」

「で、では、お言葉に甘えようかな……それにしても、今回はスムーズに解決出来てよかったですね。まさか猫を捜していたとは思わなかったですけど」

「まあ最初から有害な相手じゃないって分かってたしね。でもあの人にとって、本当に大事な友達だったんだろうなあ。素敵だね」

そう笑う水城さんの顔は、どこか複雑そうに見えた。そんな彼が何を思っているのか、分かる気がした。

私は、鞄から用意しておいた一冊のノートを取り出し、それをずいっと水城さんに差し出す。彼は不思議そうにそれを見つめた。

「水城さん、それと悠さんも聞いてますよね？　これ、コンビニでノートを見て思いついたんです！　二人は直接会話は出来ないけど、もうちょっとコミュニケーションを取った方がいいと思うんです。だから交換日記しましょう！」

「交換日記？」

水城さんが意外そうな様子で訊《き》き返してくる。私は意気揚々と頷いた。

「はい！　これできちんと約束事とか、こうしてほしいとかこれは嫌だとか、小さな事でも書いて相手にしっかり伝えましょう。だって、二人は体を共有するとか以前に、友達だったんですよね。私なら、友達とは腹を割って話したいし、話してほしい。仲のいい友達だからこそ、沢山意見を交換してお互いの気持ちを分からなきゃ。お二人にも、そうあってほしいと思ったんです」

悠さんに遠慮されているのがどうも気まずいと感じている水城さん。体を借りてる事に引け目を感じている悠さん。二人ともモヤモヤしているのは見ているこちらも辛《つら》い。まずは文字にすることで、お互いの気持ちを表す事から始めてはどうか、と私は思ったのだ。

水城さんはしばらく沈黙していた。だが少し経って突然、大きく吹き出した。夜の公園に、彼の笑い声だけが響く。あれ、笑いどころじゃなかったんだけどなあ。

頬をポリポリ掻《か》いていると、水城さんは笑いすぎて浮かんだ目元の涙を拭《ふ》きながら、私が差し出すノートを受け取った。

「藤間さんって本当に面白いし凄《すご》いね。悠と交換日記かあ、いい年した男二人で」

「水城さんはともかく、悠さん！　面倒くさがらずちゃんと書いてくださいね、一行でもいいからちゃんと書くんですよ！」

「ははは、言われてるよ、悠」

一番の問題は悠さんがこんな事をしてくれるか、という点なのだが、それはもう彼に賭《か》けるしかない、と私は祈る。水城さんは真っ白なノートをパラパラ捲《めく》りながら、目を細めて言う。

「いいね。藤間さんはやっぱりいい子だ。悠も気に入ってるし、うちでこれからも長く働いてもらいたいものだね。そうか、交換日記ねえ。あの悠とこんなことをする日が来るとは」

「……悠さんとのお付き合いは長いんですか？」

「うん、高校の頃からの付き合いだからね。大学卒業後は一緒に仕事をしていたし、友達でもあり良き仕事のパートナーだったよ」

そこまで言って水城さんは口を噤《つぐ》んだ。何かを考えるように空を見上げる。綺麗《きれい》な星でも見えるのかと思ったが、空はどんより曇っており、星すら見えない寂しい空だった。

そのまましばらく黙っていた水城さんは、やがて意を決したように口を開いた。

「ここからは、僕の独り言と思って聞いてほしいんだけど……悠は、元々はただの友達だったんだけど、見える同士というのもあって、一緒に霊相手の仕事をしようと僕から持ち掛けたんだ。悠は悪霊相手に祓《はら》う役割、僕は今と同じように、説得して浄霊の部屋に誘う役割。それなりにうまく仕事をこなしていたんだけど……」

そこまで言った水城さんは、ノートを握る手の力をわずかに強めた。その力が、彼の無念を表しているようだった。淡々と、でもどこか悲しみに染まった声で彼は言う。

「悠は、僕を助けて死んだ」

その言葉に驚きつつも、どこか納得している自分がいた。

不思議だったのだ。いくら仲のいい友達とはいえ、体を貸してあげる関係だなんて。その分、水城さんの生きる時間が減ることになる。しかも、それを提案したのは水城さんだと言っていた。いくら水城さんがいい人だといっても、そんなこと普通は出来ない。考えられる理由として、悠さんは水城さんのために亡くなった。その罪悪感もあって、水城さんは自分の体を悠さんに貸すことを提案した。それは私でもなんとなく想像がつく流れだった。

私は恐る恐る水城さんに尋ねる。

「一体、どうして……」

無神経な質問だと分かっていた、でもここまで聞いたのなら、全て聞いておきたい。

私の言葉に、水城さんは気分を害することもなく答えてくれた。

「その日は二人で行った仕事が片付いて、車で帰宅していたんだ。ここから結構遠い海沿いの場所だった。仕事の結果としては、霊は浄霊の部屋で休んでもらうことが決まって、無事に解決したんだ。帰りの車は、悠が運転してた」

「え？　悠さんの運転？」

つい大きな声が漏れた。だって、彼は免許がないと言って、散々私に運転させたではないか。私を迎えに来た時だってタクシーだったのに。

驚く私に、彼は苦笑いをこぼした。

「悠はね、免許持ってるんだよ。でも、もう自分では運転したくないんだと思う」

「あ……まさか」

ごくりと唾《つば》を呑《の》み込んだ。私が想像した結末を、水城さんはすぐに教えてくれた。

「帰り道を運転してるときに、急に車のブレーキが利かなくなった。結構なスピードを出していたときにそれに気が付いた。後ろからゾッとする気配がして振り返ったら、その日解決したと思っていた霊が後部座席に乗っていた。僕たちは対処を間違えたんだよ。その霊は、強制的に消さなきゃいけない霊だった」

「そんな……」

「僕も悠も騙《だま》されたんだ、強力な相手だったんだよね。海が見える広い道路を走っていて、対向車にぶつからないよう何とかハンドルを切っていたけれど、急カーブで曲がり切れず海に落ちた。けど、悠は意識があって、車が沈むまで、時間の余裕はあった」

水城さんの瞳《ひとみ》が揺れる。その色は悲しみに満ちた海のようだった。

「僕は落下したときに意識を失っていた。それを助けるために悠は必死になった。シートベルトを外して、窓から僕を車外に出して……意識のない男にそれだけの事をするのに、どれくらい体力がいると思う？　しかも、そのあともまだ海の中だ。僕が沈まないよう必死になってただろう。不幸中の幸いで、港が近かったから、異変に気づいた船がすぐに救出しに来てくれた。でもその時、悠はすでに力尽きていた。二人とも救助されたけど、奇跡的に命が助かったのは僕だけ。悠は助からなかった」

なんて返事をしたらいいのか分からなかった。励ましも何も相応《ふさわ》しくない。ただ、目の前に突き付けられた悲しい過去に、私は涙を零《こぼ》すしかできなかった。

死の恐怖と戦いながら、それだけの事を出来る人間が、果たしてどれくらいいるだろうか。

水城さんは空を見上げつつ続けた。

「悠は亡くなって、その後僕の家にきた。浄霊の部屋に入らせてほしいって、僕に恨み言の一つも言わずにそう笑っていたんだ。僕はこの体を共有することを勧めた。悠は拒否した。でも引き下がらなかったのは僕だ。一人じゃ仕事も困るから、どうか除霊の手助けをしてほしいと、それっぽい理由を並べて引き留めた。そうやって何度も何度も話して、悠が折れた。僕の中に入って、今はこの状態だ」

「そうだったんですか……」

胸がぎゅっと締め付けられる。涙を拭くことすら出来なかった。どちらの気持ちを考えても、あまりに悲しかったからだ。自分のせいで悠さんを失い、その罪滅ぼしを申し出た水城さんの優しさも、友達を助けたことで自らの命を失ってしまった悠さんの優しさも、どちらも切ない。

こうして、二人で一つの体を共有する奇妙な関係が出来上がったのか。不思議な現象だと思っていたけれど、いざ真相を聞いてしまうとやるせない思いでいっぱいになる。

「……って、ごめん。つい重い話をしちゃったね。藤間さんは信頼できる人だって、よく分かったからさ。このノート、ありがとう。事件があったのは一か月半前で、まだまだ僕たちも慣れてないんだ。細かいことを決めずに生活を始めたもんだから、お互いギクシャクしててさ。でももっと話さなきゃね。交換日記、やってみるよ。多分悠も頑張ってくれる」

そう言って、水城さんは私の方を見て笑ってみせる。けど、いつもと違う無理やり作ったような笑顔に、ただ胸が苦しくなった。

昼間は暑かったけれど、まだ夜には涼しい風が吹く。一陣の風が水城さんの前髪を巻き上げた。その時の彼は、きつく口を結び、悲しみと迷いを感じているようにも見える、不思議な表情をしていた。それは、水城さんにも、悠さんにも見える複雑な顔だった。

私はそれ以上何も言うことが出来ず、ただ黙ってうつむいていた。

第三章　屋敷の中に棲むもの

一

季節は過酷な暑さを感じさせる時期になっていた。

早いもので、私が水城さんのところで働くようになってから一か月が経過していた。

私はせっせと浄霊の部屋に足を運び、お世話をする日々を送っている。

時折入ってくる心霊相談のために現場に向かい、水城さん達と霊を調べることもあった。事件は長いと解決に一週間を要することもあれば、短ければ一日で解決することもある。ただ、最初に関わった山奥の事件以降、危険な霊と関わる事はなく、大概悲しみに暮れている霊達が相手だった。その都度、私達はあの部屋に案内し、霊達の心が安らかになるのを待った。

霊達は浄霊の部屋に入った後、個人差はあるものの数日経てばいなくなっていた。ひよりさんや、猫を大事そうに抱くおばあさんも、今は誰もいない。焼き菓子も、猫用のおもちゃも回収し、部屋の中はシンプルなインテリアに戻っている。

今日も暑い中、例の家まで汗を流しながら坂道を上り、ようやく辿《たど》り着く。今はどの霊もいなくなった部屋を綺麗《きれい》に掃除し終えた後は、あまりやることがないので、比較的ゆっくりして過ごせるのは、周りから見れば羨《うらや》ましがられる仕事だろう。

今日は確か昼過ぎに相談者が来るはずだったので、それまで時間を持て余すな、と思いながらリビングに向かうと、ソファに悠さんが寝転がっていた。その周りには漫画やジュースの紙パックなどが転がっていて、呆《あき》れる。夜遅くまで漫画でも読んでいたんだろう。

「もう、ゴミ箱に捨てるくらいしてくださいよ！」

ひとり文句を言いながら片付ける。これも仕事の一つのようになっていた。悠さんはだらしないし何でも適当なので、掃除しないと部屋が散らかってしまうのだ。ゴミを捨てて漫画をまとめていると、ふとテーブルの隅に一冊のノートが置かれていることに気が付いた。私が水城さんにあげたノートだ。

どうやら、二人の交換日記は一応行われているようだった。まあ、伝言ノートと呼ぶ方が正しいだろうか。私が中身を見ることは勿論《もちろん》ないが、水城さんから少し話を聞いていた。あのノートのおかげで、悠も少し伸び伸び出来るようになったみたいだよ、と。

私から見れば少しどころか、伸びすぎだろと思うのだが、水城さんが喜んでいるので何も言わなかった。これを機に、二人が少しでも気を遣わず生活しやすくなればいいと思う。

片付けながら、眠る悠さんの顔を見て複雑な気持ちになる。初めは口の悪い失礼な男としか思わなかったけど、あの過去を知ってから、失礼だけど根はいい奴、ぐらいには変わっている。水城さんを助けて自分が亡くなったなんて、そんな過去があったとは。彼がこうして部屋を散らかしていると文句は言いたくなるが、やりたいことをやっているのか、と安心してしまう面もある（時々やりすぎだが）。

ただ、あの夜訊《き》けなかった一つの疑問は、未《いま》だ私の胸の中に残っている。

体を共有するなんて生活を、二人はいつまで続けるつもりなんですか、と。


昼を過ぎたところで悠さんがようやく起きた。相談者が来る時間も近かったのでほっとする。彼は大きなあくびをし、寝ぐせまで付けていたので慌てて言った。

「悠さん、もう少しで相談者が来ますすよ！　寝ぐせ直してきてください！」

「いいじゃん別に」

「よくないから！　ほら、あとちょっとですよ、もう」

私に促され、彼は面倒くさそうに洗面所に消えていった。そこでふと思い出した、そういえば今まで、相談者が来るときは偶然にも水城さんの時ばかりだった。悠さん、ちゃんと対応出来るんだろうか。失礼なことを言って相手を困らせなければいいのだが。

そう考えていると、タイミングよくインターホンが鳴り響いた。時計を見れば、約束の時間ピッタリだ。相談者が来たのだと、玄関に飛び出していく。そんな私の後ろから、悠さんがポテポテと歩いてやってくる。緊張感のない彼に、小声で注意した。

「悠さん！　お客様の前だからシャキッとしてくださいよ！」

「してるだろうが」

「水城さんのイケメンパワーで誤魔化しても駄目です、背筋伸ばして」

「伸びてるだろ」

「両足でしっかり立って！　片足重心やめて！」

「おかんかよ」

悠さんは嫌そうに私の顔を見てくる。それに気づかないフリをしながら、私は玄関の戸を開いた。ガラッと音を立てて開いたその先に、一人の女性が立っている。年は三十代後半と言ったところか。黒い髪をきっちりと一纏《ひとまと》めにしており、服装は白いシャツに黒いパンツ。スッと伸びた足は細長く、モデルのようなスタイルだ。さらに、女の私でもドキッとしてしまうほどの色っぽい美人だった。変に若作りをしていない、大人な女性だ。

「こんにちは。予約した白井郁代《しらいいくよ》と言います。水城春斗さんはいらっしゃいますか？」

これまた、落ち着きのある声で白井さんは言った。こんな女性になりたい、と反射的に思ってしまう。私には無いものがたくさんある……！

「は、はい、こんにち」

私が答えようとした時、隣にいた悠さんがずいっと前に出た。私には見せたことのない爽《さわ》やかな笑顔で、白井さんに声を掛けた。

「こんにちは。ご依頼ありがとうございます、水城春斗です」

隣の男をぽかんとして見た。声色も話し方も全部違う、もしかして水城さんに替わったのかな？　だとしたら、いいタイミングだと思う。あの男に客をもてなすのは無理だ。

「初めまして、今日はよろしくお願いします」

「どうぞ上がってください。詳しい話は中で伺いましょう」

白井さんは頷《うなず》き、美しい所作で靴を脱いだ。私はようやく声を出して、白井さんを案内する。とりあえずリビングへ通し、まずはお茶でも用意しようと思い、一旦《いったん》その場を離れる。キッチンへ行こうとしたとき、まだリビングに入っていない水城さんの姿が廊下に見えた。彼は腕を組み、難しい顔をしている。

私はそれに気づき、そっと近くに寄った。何か気になることでもあったのだろうか。

「水城さん、何かありました？　難しい顔を……」

小声で尋ねると、彼は表情を変えないまま言った。

「すっげえ好みの女が現れてビビってる」

「………………」

いや、まだ悠さんだったんかい！

膝《ひざ》から崩れ落ちるかと思った。何を言ってるんだこの男は。そりゃ美人だったけど、大人っぽくてモデル体形だったけど、仕事中だろと怒鳴りつけたい。悠さんは感心したように呟《つぶや》く。

「俺は年上も全然アリだからな。あんな美人ならウェルカムだな。チビもあの色気、少しぐらい分けてもらえたらいいのになあ……」

「人を憐《あわ》れんだ目で見るな」

「まあそうだな。世の中にはお前みたいな子供っぽくて女らしさのカケラもないやつを好みとする男もいるもんな。俺はちっともわかんねえけど」

「殴られたいんですか？」

そんなの言われなくても分かっている。白井さんみたいになれたらなって自分でも思う。でも、他人から言われるとムカつくんだ。どうせ身長も低いし童顔だし幼児体形だ馬鹿野郎。

「悠さんの好みなんかどうでもいいんですよ、とりあえず仕事だけはちゃんとしてください よ！」

「当たり前だろ、俺は仕事中は真面目だ」

「いかがわしい本読んでるくせに！」

「アホ、あれは息抜きだ。好きなものを見てストレスを軽減させる、誰でもやってるだろ」

「ああいえばこう言う……何でもいいですけど、調査中に口説いたりしないでくださいよ！」

「するかボケ。この体は春斗のだ」

それだけ言うと、悠さんはさっさとリビングへ入っていった。白井さんの正面に腰掛け、何やら爽やかな顔で言葉を交わしている。そんな彼を遠目から見て、少しだけ悲しい気持ちになる。しまったな、つい口から出てしまったけど、悠さんがそんな事をするはずないって分かっていた。彼はちゃんと自分の立場をわきまえているのだから。

軽率だったと反省しつつ、お茶を準備するためにキッチンへ足を運んだ。

三人分の飲み物を用意し、リビングへ向かう。白井さんと悠さんは、早速今回の依頼内容について話しているようだ。私がお茶を置くと、白井さんは軽く頭を下げてくれる。悠さんの前にも置くと、私は彼の隣に腰掛けた。

「では、家の中で物が移動したり、誰かの足音が聞こえたりする、というのが主な現象ですね」

悠さんが言った。なるほど、こう言ってはなんだがオーソドックスな内容だ。怪奇現象、と聞けば、大抵の人が思い浮かべそうなことだが、本人にとっては本当に恐ろしい体験だろう。白井さんが頷く。

「そうです。最初は気のせいかな、と思っていたのですが、だんだんそんなことでは片付けられなくなってきまして……。間違いなくそこに置いたはずなのに、全く違う場所から物が出てきたりするんです。あとは、クローゼットに入れておいた服が全部裏返しになっていたり、椅子が逆さまになっていたり」

「それは、確かに変ですね」

「足音は特に夜に聞こえます。誰かが走り回っているような、そんな音です」

彼女は小さくため息をつく。悠さんは続けて尋ねた。

「家についてお聞かせください。一軒家とのことですが賃貸ですか？　それとも長く住まれているんでしょうか？」

「それなんですが……実は、祖母から譲り受けた屋敷で、最近越したばかりなんです」

「おばあさまから？」

「ええ。私は知らなかったのですが、母はどうやら名家の娘だったんだそうです。でも、父と駆け落ちして結婚し、私を出産しました。ちなみに両親は五年前に事故で他界しております。祖母は気難しい人間で、親戚《しんせき》ともほとんど疎遠になっていたそうです。母の結婚の際に、実家とは縁が切れてしまった関係で、私も一度も会ったことがなかったのですが、そんな孫に家などの遺産を残してくれたみたいなんです」

ドラマみたいだ、と一人興奮した。そんなことって現実にあるのか。名家というなら、その屋敷もだいぶ大きいのだろう。ある日突然お金持ちになった、なんて、とんでもなくハッピーな展開……ってそんなこと思うなんて不謹慎だなと自分を戒める。隣では悠さんが考えをめぐらせながら白井さんに訊く。

「例えば、あなたに遺産が譲られた事を逆恨みした、他の人間によるいたずらという線はないでしょうか」

そう訊《き》かれた白井さんは、一瞬顔を曇らせた。私はそれを見逃すことなく、何かあるんだな、と理解する。それでも彼女は笑顔を作った。

「足音はともかく、物が移動したりするのは、部屋に一人でいるときに突然起こったりするので、人為的なものではないと思います」

「なるほど」

「家は本当に古いんですが、弁護士さんに聞いたところによると、祖母はここ最近ずっと、足を悪くして施設にいたんだそうです。だから、あの屋敷は誰も住んでなくて、手入れもされていないしで幽霊屋敷状態で。最初は取り壊して土地を売っちゃおうか……なんて思ったんですけど」

そこまで話し、白井さんが柔らかく微笑む。

「祖母の遺言に、『庭の土地は売っても家だけは取り壊すな』ってあって……。住まなくても、一年に一度掃除してくれればいいからって。会ったことがない祖母でも、私に贈ってくれたプレゼントですから、勝手なことをするのもな、と。手入れをして住んでみようと思ったんです」

優しい口調で話す彼女に、私は見惚《みと》れた。外見だけじゃなくて、この人は中身もいい人だ。おばあさんの気持ちをしっかり受け取って、なんとか応《こた》えようと思っているんだ。

……しかし、そんないい話なのに、その屋敷で怪奇現象が起きちゃうのは不憫《ふびん》な話だ。

私は眉尻《まゆじり》を下げて言った。

「素敵なお話ですね。でもやっぱり起こっている現象は怖いですよね。一人で住んでらっしゃるんですか？」

「ええ、独身なので……家は広さだけはやたらあるし、正直怖いんです。そこで、水城さんのお力を借りられたらと」

悠さんは頷いた。そして、にっこりと笑って見せる。

「分かりました。住所を教えて頂けますか。早速調査に伺いますので」

「よかった！　これがその住所です。片田舎でして、電車の駅から離れたところにあるので、車で来ていただくのが一番かと」

白井さんは何やら資料のようなものをテーブルの上に置いた。悠さんはそれを手に取りながら言う。

「では白井さんには先に帰って頂き、我々は後ほど伺おうと思います。それと一つ、広い屋敷とのことですから、見取り図を用意して頂きたいのですが」

「はい、分かりました、用意しておきます。ではよろしくお願いします」

話が纏《まと》まり、安心したような顔で彼女は家から出ていった。白井さんが帰った後の部屋はなんだか良い香りが残っている気がして、同性だというのにうっとりしてしまった。

「あー素敵な人でしたね！」

そう笑顔で振り返ると、悠さんは早速テーブルに足を上げ、だらしなく座っていた。

その姿にゲンナリする。客が帰った途端これだ、依頼者の前では水城さんのフリを頑張っていたんだな。

彼は白井さんから受け取った白い紙をぼんやり眺めている。私は背後に回り込み、それを覗《のぞ》き込んだ。家周辺の地図や住所の他に、屋敷と思《おぼ》しき写真がある。遠目から撮られた写真だが、なるほど、確かにこれはなかなか凄いお屋敷っぽいぞ。

「おばあさんから譲り受けたって言ってましたけど、まるでドラマみたいじゃないですか」

「ドラマ？」

「ええ、きっとおばあさんもずっと悩んでいたんですよ。娘に会いたかったけど、意地張って最期まで会いたいと言えなくて……せめて孫に遺産ぐらい残そう、って。不器用な愛情なんですよ」

私は目をうるませながら言った。その情景が目の前に浮かんでくるようだ。きっとそうに違いない。そして、そんなおばあさんからの贈り物を孫の白井さんが大事にするだなんて、心温まるお話だ。だがしかし、悠さんは鼻で笑った。

「お前は頭の中が単純で羨《うらや》ましいなあ。趣味は妄想なのか？　よく片方の話だけでそうもいい方に考えられるもんだ」

「ええ？　普通ですよ。絶対、不器用だけど愛情に満ちたおばあさんですって！」

「全部善意で残したとしたら、古い家を取り壊すなっていう意味深な遺言はどうなる」

「そりゃ、思い出のお家は残しておきたいでしょう」

「思い出、ねえ。ふん、自分が死んだ後も残しておきたい大事なものなのか。俺には分かんねえわ」

悠さんはそう言うと、持っていた紙を適当に投げた。私は慌ててそれを拾い、再度じっとそれに目を通しつつ考えた。娘との思い出が残る大事な家を取り壊して欲しくない、なんて、簡単に想像がつく考えだと思うけれど、悠さんはそういうのは無かったのかな。一体どんな人生を歩んできた人なのだろう。

そう考えて振り返ると、いつのまに持ってきたのか、悠さんがアイスクリームを手に座っていた。カップに入ったバニラアイスだ。スプーンを口に咥《くわ》えたまま、彼は言う。

「これ食ったら俺たちも行くか」

その言葉に小さく返事をしながら、私は彼の様子を横目で見ていた。悠さんはバニラアイスに、アイスが見えなくなるほど大量に蜂蜜《はちみつ》を掛けていた。それはもう見ているこちらが吐き気を催すほどの、甘い香りが漂ってくる。

最近知った事だが、悠さんはかなりの甘党らしい。ああやってアイスに蜂蜜を掛けたり、チョコレートばかりを食べているのは日常茶飯事と言える。私も甘味は好きだけれど、彼は度が過ぎている。あの蜂蜜アイスも、何度見ても酷《ひど》い。呆《あき》れて言葉を失っている私を見て、悠さんが不思議そうにした。

「なんだよじっと見て、食べたいのか？　絶対やらねえぞ、三回まわってワンと言ってもやらねえ」

「いらないしやらないし」

「アイスじゃなくこのスプーンを狙ってるのか、俺の唾液《だえき》は高いぞ」

「私を変態扱いしないでくれますか？　使用済みスプーンを収集する癖なんかありませんから！　いや、ずっと思ってましたけど、それ健康に悪くないですか？」

「知らね。若いから大丈夫だろ、動けばいいし。春斗も一日一回ならいいって言ってた」

　彼はパクパクとアイスを食べ続けている。どうやら、あの好物を食べたいという願いを、例のノートで伝言したらしかった。水城さんはそれを了承し、悠さんはああして甘いものを好きに食べるようになった。彼がやりたいことをしだしたのは、いい事ではある。私が提案したノートが役立ったのかな、とちょっと嬉《うれ》しかったりして。

　彼は早すぎるスピードでアイスを平らげていく。私だったら、絶対半分も食べられないであろう糖分の塊を、だ。あっという間に、カップの中身は空っぽになってしまい、悠さんは無くなってしまったのを名残惜しそうにしていた。

「チビ、片付けよろしく」

「ちょ、自分でやってくださいよ！」

「よろしく」

　ずいっと差し出されては、受け取るほかない。今朝だって悠さんのゴミを片付けたというのに、すっかり掃除係になってしまっている。はあ、とため息をつく。

　水城さんには気を遣っていたらしいのに、私には自由すぎないか？　いかがわしい本を平気で読むし片付けさせるし、人のことチビ呼ばわりだし。あれそういえば、まだ一度も名前で呼んでもらったことがないのでは？　もうここに来て一か月以上経つというのに。

しかし文句を言ってもどうにもならないことは分かっているので、仕方なしにキッチンに向かい、容器を捨ててスプーンを洗った。もう慣れっこになってしまったことに悲しみを抱きつつ、手を拭《ふ》いて振り返る。すると、入り口に悠さんの姿があってぎゃっと叫んでしまった。

「びっくりした、悠さん、驚かさないでくださいよ」

ドキドキした心臓に手を当てて言うと、彼は俯《うつむ》かせていた顔をゆっくり上げる。眉間《みけん》に皺《しわ》が寄り、不快そうな表情だった。

「悠さん？」

その顔を覗き込む。彼はゲンナリといった声色で呟《つぶや》いた。

「藤間さん、ブラックコーヒー……くれない？」

それを聞いて理解する。水城さんに替わったのだ。

私は慌てて、言われた通り冷蔵庫に入っていたブラックコーヒーを取り出した。グラスに注いで渡すと、水城さんは立ったまま半分ほど飲み、大きく息を吐いた。

「はあ、ありがとう。甘い物も少しは食べられるけど、あれはちょっと凄いな……口の中の甘みが消えてから交代すればよかった」

私は同情の眼差《まなざ》しで見る。そう、あの甘党とは逆に、水城さんは甘いものが苦手らしいのだ。普通の人でもあの蜂蜜かけアイスは気持ち悪くなってしまうと思うのに、甘いものが苦手ならなおさらだろう。こういう点でも、水城さんたちって本当に大変な状況だと思う。嗜好《しこう》の違いも大きなストレスになり得るってわけだ。

「大変ですね……あんなもの毎日食べてて、私は水城さんの血糖値が心配です」

「はは、ありがとう。しょうがないね、悠の甘党は昔からだから。それに、気を遣われるよりああやって自由にやってくれた方が僕は嬉しいよ。藤間さんのおかげだよ、ありがとう」

笑いながらコーヒーを飲み干した水城さんは、自分でそれを流し場へ持って行って洗っていた。ああ、やっぱり悠さんとは全然違う、出来た人だとうっとりする。自分で食器を洗うという事すら、悠さんは出来ないからなあ。

そして作業を終えた水城さんとリビングに戻る。彼は先ほど白井さんが置いていった資料を手に取って眺めつつ言った。

「依頼の内容は聞いていた。興味深い家だね、見てみるのが楽しみだ」

「早く解決してあげて、白井さんが安心して住めるお家にしてあげたいです！　せっかくのおばあさんからの贈り物ですし！」

「そうだね、藤間さんらしい温かい考え方だね。さて、現場へ向かおうか」

資料を丁寧に折りたたんで水城さんが微笑みかけた。私は強く頷《うなず》き、置いてあった自分の鞄《かばん》を手にして、いつも通り鍵《かぎ》をかけないまま家から出て行った。

二

車で走ること二時間。辿《たど》り着いた先は、思っていた以上の立派なお屋敷だった。水城さんの家も凄《すご》いけれど、まず土地の大きさが違う。庭もかなり広そうだった。昔ながらの瓦《かわら》で出来た屋根に、深みのある焦げ茶色の木材が使われた木造の二階建て。家を守るように、立派な木が庭を囲んでいる。どこかのテレビドラマででも使用されそうな、趣きのある屋敷だ。写真で見るよりずっと迫力がある。

地図に書かれていた通り、すぐ裏側に駐車場があったので、そこに車を停めお屋敷に近づいていくと、遠目には分からなかった細かな部分が目に入ってきた。白井さんが言っていた通りとても古く、長年手入れもされてこなかったのが明白だった。そして白井さんもまだ越して間もないためか、庭は雑草が生い茂り、落ち葉の山が片付けられていないままだ。木製の引き戸でできた玄関は、隅の方に蜘蛛《くも》の巣《す》がかかっていて、どこか暗くてじめっとした空気を感じる。

ううん、遠くから見ると立派だなあって感心していたけど、これじゃあ確かに幽霊屋敷と呼ばれてもおかしくないな……。

そんなことを思っていると、水城さんがインターホンに手を伸ばす。けれど、押されるより先に、中から足音が聞こえてきてガラッと勢いよく戸が開いた。

「わざわざありがとうございます！」

白井さんだった。私たちを見てホッとしたような顔をしている。水城さんは丁寧に頭を下げた。

「どうぞよろしくお願いします」

「すみません、広いものですから、まだまだ掃除も行き届いていなくて……人を招く状態ではないのは分かってたんですが、早く見てもらいたくて」

そう恥ずかしそうに言いながら、白井さんは私たちを招き入れた。中に足を踏み入れると、そこは外とはまるで違った。とても古いけれど、白井さんが一生懸命に掃除をしたのだろうか、思ったよりずっと綺麗《きれい》な玄関で驚く。磨き抜かれた木の床からは風情を感じた。やはり屋内も全体的に木を使用した造りで、左手に細く急な階段が見える。広々とした玄関には、一足ヒールの靴があるだけだ。白井さんの靴はどうもこの家から浮いているように見える。

「凄いですね、ここお掃除大変ですよね……でも立派なお家で、かっこいいです」

「あ、ありがとうございます」

白井さんが嬉しそうに笑った。靴を脱いで上がらせてもらうと、床が軋《きし》む音が大きく響いた。そりゃこんなに古い家じゃ、こうなるのも無理はない。そのまま長い廊下を進んでいく。これまた、廊下掃除だけでエネルギーを全部使ってしまいそうな長さだ。一人でここを磨いたのか、と思うと、なんだか健気《けなげ》さに泣けてくる。家の中の広さに感嘆しながら見ていると、隣の水城さんが小声で言う。

「どう？　なんか感じる？」

そう言われて、霊のことをすっかり忘れていたのを思い出す。そうだった、ここは怪奇現象が起こる家なのだ。私は咳払《せきばら》いをして気を引き締める。

「今のところ何も。水城さんは？」

「僕もまだだね。まあ、藤間さんが来たし今から出てくるかもね」

そう涼しい顔をしている。怖い霊だったら嫌だなあ、いい霊でありますように。

「こちらへどうぞ」

白井さんが障子戸を開けると、客間の中央に立派な木のテーブルがあった。周りを囲うように紫の座布団が六枚。年季の入った畳に、床の間には掛け軸と、よくわからない壺《つぼ》があった。私と水城さんは一旦《いったん》並んで座る。白井さんが水城さんに、何やら紙を渡す。

「これ、言われていた見取り図です。少しお待ちくださいね、今お茶を」

「ありがとうございます。白井さん、僕たちお茶は大丈夫ですよ。それより、家の中を見て回りたいのですが、もし入ってほしくない部屋などあれば教えてください」

水城さんが見取り図の描かれた紙を眺めながら尋ねる。白井さんは考えながら答えた。

「いいえ、特には……どこを見てもらっても構いません。寝室だって、大丈夫です」

「では、今まで不可解な現象を感じた場所は」

「そうですね……バラバラですが、キッチンは料理をしているとよく物が移動している気がします。小さなことですが、さっき手元に置いた醤油《しょうゆ》が離れたところにある、みたいな……。それと、私は一階にある部屋で寝ているんですが、夜はよく廊下や上の部屋から足音が聞こえます。二階は今ほとんど物置で、あまり立ち入っていません。まだ掃除や整理も行き届いておらず、お恥ずかしいのですが……」

「気にしないで下さい、この広さですからね。分かりました。まずはとにかくその現象を目にしたいので、僕と藤間さんは家の中をしばらく動き回らせてもらいますね。白井さんは自由にしててください」

「はい、分かりました」

白井さんは不安そうに返事をした。水城さんがアイコンタクトを送ってきたので、早速二人で立ち上がり、客間を出る。

「じゃあ、とりあえず探索しようか」

「はい！」

彼は廊下を見て、見取り図にも視線を落とす。そして私に言った。

「一階は、キッチンやトイレ、風呂場《ふろば》などを除いても部屋が八つある。一つ一つが結構広い部屋なんだよね」

「ふわあ、やっぱり大きいお家ですね」

「まずはそこから行こう。その部屋は見取り図でいうと……」

言われて私は気合を入れる。水城さんはじっと見取り図を見つめた。そして今いる場所をちらちらと見る。直後また図を見る。顔を上げて辺りを見回す、さらにもう一度視線を落とす……水城さんの目に、明らかに戸惑いの色が浮かんでいるのを、私は見逃さなかった。

「……あの、私見ます」

彼が停止している理由はわかった。なぜなら、水城さんは見取り図を逆に見ていたから。もう完全に自分のいる場所も分からなくなっているに違いない。広いって言ったって、そんな迷うほどのものじゃないのに。やっぱり彼は相当方向感覚がないらしい。

水城さんは私の提案に、頭を掻《か》きながら素直に紙を差し出した。

「申し訳ない」

「いいえ、イケメンが困ってる顔は大好物です」

「大好物……？」

「なんでもないです！　こっちの部屋から見ましょうか」

水城さんと私の足音が、軋む床に響く。私たちは一つ一つ部屋を覗《のぞ》いていくところから始めることにした。

住んでいるのは白井さん一人、さらにはその前は長く誰もいなかった。そのせいか、どの部屋もことごとく物が少ない。古い箪笥《たんす》などは見られるが、もしかしたら中身は空じゃないかと思う。生活感というものがあまり感じられない家だ。かといって、嫌な感じがするということもなかった。やばいものが棲《す》んでいたら、感じるはずなのだけれど。

時間をかけてゆっくり水城さんと回る。一階の次は二階もだ。細く、それでいて急な階段を慎重に上っていった。手すりもないので、壁に手をつきながら上がっていく。落ちないように必死に床を踏みしめた。

二階は、言っていたようにほとんど物置部屋になっていた。そこは埃臭《ほこりくさ》く、よく分からない物が沢山置いてある。掃除用具から大きな茶箱、紫の布が掛けられた姿見、大量の本たち、どれも埃を被《かぶ》っている。おばあさんが使っていたものは、ここに押し込んであるのかもしれない。

中には、女の子向けのキャラクターが描かれたおもちゃもちらりと見えた。よくある変身グッズだ。もしかして、白井さんのお母さんが幼い頃に使っていたものだろうか？　もしそうだとしたら、おばあさんの気持ちが伝わってくるような気がしてぐっときた。捨てられなかったんだろうな、思い出のおもちゃ。あのキャラは私も幼い頃にはまっていたもので、女の子はみんな大好きなんだ。

ちょっと泣きそうになったのを抑え、ぐるりと部屋を見渡す。木箱や鍵《かぎ》付きの古い引き出しなどあって、古く貴重なものなども出てきそうな雰囲気だ。

「なんか、お宝とかありそうですね」

私はつい正直に言った。テレビの鑑定番組に出せるような、古い絵や掛け軸が……って、ありえそう。すると隣で水城さんがぷっと吹き出す。笑いながら言った。

「いいね、霊を探しているときにそう思えるなんて、リラックスしてる証拠だ」

「あ、ごめんなさい！　緊張感なかったですよね」

「ううん、凄《すご》くいいと思う。それが藤間さんのいいところだよほんと。僕も和んじゃった」

　嫌みではなく、本当に感心しているようだ。まあそうだよね、普通幽霊が出る屋敷の探索中に、お宝なんて思い浮かばないよね。でもそう思ってしまったので仕方ない。

　物置には入らず、入り口でぐるりと辺りを見ただけで戻る。隣の部屋も同じようなものだった。おばあさんが暮らしていた頃も、二階はあまり使っていなかったのかもしれない。高齢の方に階段の昇降は厳しいからだ。特に、あの階段は。いや、階段どころか、この広すぎる家に老人一人暮らしって厳しすぎないだろうか？　その上、足を悪くしていたらしいし……。

　全ての部屋を回り終えたところで、水城さんは足を止めて言う。

「今のところ何かを感じることはなかったな、藤間さんは？」

「私もです。一階も二階も」

「まあ、まだ来たばかりだからあっちも警戒してるかも。君がいればそのうち顔を出してくれると思うから、このまま繰り返し探索しようか。じゃあ一旦下に降りよう」

　そう言って水城さんはくるりと踵《きびす》を返した。その背中を追いながら、私も階段を目指す。古い木の廊下を進みながら、なんとなく周りを観察しながら歩いていく。今まで見てきた部屋と、持っている見取り図を照らし合わせるように交互に眺める。ここの部屋とここはほぼ物置。隣は空室だったよね、確か……。そう考えながら歩いていると、ふと足が止まった。一番初めに見た、物置になっている部屋だった。そこの戸が開いていて中の様子が見えたのだ。

あれ？ 戸、閉めなかったっけ。そう思い、閉じようと手を伸ばす。そこで、あるものが目に入った。

姿見だ。

全身を映す大きな鏡。ごちゃごちゃした物の中にひっそりと置かれている。そこに私の間抜けヅラがぽかんと映っていた。鏡の中の自分が、不思議そうにしている。

「……え？」

さっき、あの姿見は、紫の布が掛かっていて見えなかったはずでは？

脳裏で蘇《よみがえ》る映像はやはり、しっかり布で隠された鏡の姿。それがいつのまにか捲《まく》り上げられている。水城さんがやったのだろうか？ いや、そんなわけがない、彼はずっと一緒にいたんだから。

「水城さ」

廊下を向いてそう呼ぼうとして、言葉が止まる。すぐ目の前にいたはずの彼の後ろ姿が消えていたからだ。一気に心臓が大きく鳴る。

人のいない長い廊下が、やけに不気味に思えた。シンとした、物音一つない空間。この古い家は、歩くたびに床が軋《きし》む音がするというのに。まるで自分だけ異世界に飛ばされたかのようだ。

ここにいてはいけない、すぐに一階に降りよう。そう思い足を踏み出そうとする。それなのに、動いたのは首だった。自分の首がゆっくり物置の方へと動く。カクカクと小刻みに回るそれは、誰かに動かされているようだ。

暗い物置部屋の中の姿見に、はっきり映る自分の顔。鏡には曇りひとつなく、磨き抜かれているようだった。そしてそのまま自分の意思とは裏腹に、部屋の中へと足を踏み入れる。

ダメだ、戻れ。すぐに振り返って水城さんの名前を呼びながら下に降りるんだ。今ならまだ間に合う。

そう心の中で言い聞かせるのに、体がまるで言うことを聞いてくれなかった。畳特有の感触が足の裏に伝わってくる。徐々に鏡の中の自分の顔が大きくなってくる。ゆっくり鏡の前まで移動し、私はただぼんやりそれを覗き込む。見慣れた顔だが、今の自分は怯《おび》え、青くなっている。何をするでもなく、ただじっとそれを見つめ続けた。

どれほどそうしていたのか。数分、いや数十分だろうか。ここだけ時が止まったように何も動かない。

ふいに、鏡の中の私が動く。

下がっていた口角が徐々に上がっていく。恐怖に支配されているはずなのに、鏡の中の私は笑っていく。不自然に持ち上げられた口元は、無理やり笑わされているようだった。自分の顔が自分のものじゃない、恐ろしい顔に変化を遂げていく。

笑っていく。笑っていく。自分の気持ちとは反対に楽しそうに。

頬はぷるぷると震えていた。なんとか必死に抵抗しようとしているからだ。こんな顔、見たことない。私が私じゃなくなってしまったようだ。戸惑いと恐怖から、ついに目から涙が零《こぼ》れてくる。それでも泣きながら笑い続ける自分から、目を逸《そ》らしたいのに、出来ない。

「や……めて」

笑う自分の口からかすかに声が漏れた。拒絶の言葉もうまく出てこない。ポロポロ出てくる涙が、口の中に流れる。頬は痙攣《けいれん》しそうなくらい無理やり引っ張られ、引き攣《つ》っている。体は指一本動かすことが出来ない。

やめて、放して。

もうやめて。

どうしてこんなことをするの。

意識が飛んでしまいそうになった瞬間、突然視界が一気に紫色に変化した。同時に、頬の筋肉の力がふっと抜け、自分の顔から笑みが消える。鏡には布が下ろされていた。そして傍に、厳しい顔をした水城さんが立っている。

「……あ、みず、きさん……」

私は動くようになった手を動かし、自分の頬に触れた。まるで死人のように冷たくなっていて驚く。

「随分霊と同化してたようだね」

水城さんが言った。その声を聞いた途端、安心感からか体の力が抜け、ヘナヘナとその場にしゃがみ込んだ。頬に伝ったままの涙を拭《ふ》くこともできず、震えながら脱力する。

彼は隣にしゃがみ込み、背中をさすってくれた。

「大丈夫？」

その温《ぬく》もりに一層安心感を覚え、なんとか呼吸を落ち着かせ、必死に頷《うなず》く。

「振り返ったら、なぜか藤間さんがいなくなってて。名前を呼んだけど返事がなくて、捜したらこの部屋にいたんだ。そして鏡に魅入られるようにしていた」

「私は気が付いたら水城さんが目の前からいなくなってました。逃げようとしても体が操られたように勝手に動いて、鏡の前へ……無理やり笑顔を作らされて、もうどうしようもなくて」

「うん、怖かったね。ごめんね」

水城さんが謝ることなんて一つもないのに、彼は優しくそう言ってくれた。未《いま》だ背中を撫《な》で続けてくれている。私は長い長い息を吐いた。

完全に霊に操られてしまった。そんなつもりも、前兆も一切なかったというのに。そういえば、山の中でも悠さんの幻想を見せられて騙《だま》されたりしたし、またああやって引《ひ》き摺《ず》り込まれたのかも。

荒ぶる心を必死になだめて、濡《ぬ》れた頬をぐいっと拭き、やっと顔を上げる。心配そうな顔が私を見ている。

「少しは落ち着いたかな？」

「はい……ご心配おかけしました」

「とりあえずここから離れようか」

言われるまま、すぐさま鏡の前から離れた。紫の布は掛けられたままだ。なるべくそれを視界に入れないようにしながら廊下に出て、二人で階段を降りていく。急な段差を降り始めると、ようやく心は落ち着いてきた。あのまま水城さんが来てくれなかったら、私はどうなっていたんだろう。永遠に鏡の前で笑い続けていたのだろうか。

客間に戻ってみると、白井さんが用意してくれていたのか、お菓子や飲み物がテーブルに置いてあった。喉《のど》の渇きをなんとかしたくて、座布団に座って湯呑《ゆの》みのお茶を流し込む。ふうと一息つき、私は言った。

「ありがとうございました、水城さんが来てくれなかったら私……」

「ううん、もっと早く気づいてあげられなくてごめんね。無理やり笑顔を作らされた、って言ってたけど、どんな風だったか聞いてもいい？」

頷き、先ほどの体験をもう一度最初から話した。鏡の前で勝手に笑い顔を作らされていくところは、水城さんも眉《まゆ》を顰《ひそ》めて聞いていた。なんとか話し終えると、彼は唸《うな》った。

「さすが、というか……藤間さんはほんと引き寄せやすいね」

「はあ、自覚はあります……」

「僕が藤間さんを捜しに行った時、君は鏡の前で一人立っていた。呼んでも全然振り返らなかったから、慌てて正面に回り込んだんだ。そしたら……藤間さんは、鏡に話しかけていた」

どきっと心臓が鳴る。だって私、そんなことしてない。やめて、って一言言った覚えはあるけれど、話しかけていた記憶なんて全くない。

「僕には目もくれず、必死に話していたよ。『楽しいね、楽しいね』って延々繰り返していたのが聞こえた」

「楽しい、ね……？」

ぞくっと寒気が全身を走った。そんな言葉を発したなんてありえない。あの状況で楽しいことなんか一つもないのだし。

「付け加えるなら、確かに藤間さんは楽しそうに笑っていたね」

「……ほとんど声も出なかったはずなのに」

「その間、何か相手の姿を見たりした？　感じたこともあったら教えてくれるかな」

言われて考え込む。さっきのことを思い返してみるが、霊の姿は見ていない。では何か感じただろうか。

「ええと、姿は何も見えませんでした。感じたものもそう取り立てては……」

「特に気づかなかった、ということか」

「ごめんなさい」

反省して頭を垂れた。そうだ、仕事中なんだし、もっと周りを観察すればよかった。解決のヒントがあったかもしれないのに。でも全然余裕がなかったのだ。謝る私に水城さんは慌てて言う。

「謝らないで！　一人で怖い思いをしてるんだから、それに耐えただけで凄《すご》いよ。それに、気づかなかった、というのは一つの情報だ」

彼はニコッと笑った。私は首を傾げる。

「つまり、強い敵意は感じなかったんでしょう？　それだけでも十分だよ。まあいつぞやの雪乃みたいに隠してる場合もあるけど。まだ何も手がかりがない僕たちにとっては大事な情報だ。藤間さん、本当に助かってるよ」

励ますように言ってくれた水城さんに、またしてもときめいてしまった。優しいな、私が落ち込んでいるのに気づいてフォローしてくれたんだ。彼は本当にいい人だ。怖い現場だけど、一緒に働くのが彼でよかったなと改めて心から思う。

お礼を言おうとしたとき、廊下から白井さんの声がした。

「失礼します、よろしいですか」

「はいどうぞ」

すっと障子が引かれる。手に食べ物らしきものを抱えていた。

「お仕事中、失礼します。こちら良かったらどうぞ」

「わ！　またそんなに差し入れを？　ここに沢山置いてあったの、ありがたいなって思ってたんです」

私が喜ぶと、彼女はふわっと目を細めて笑う。テーブルに持っていたものを置いて並べた。おにぎりから甘いお菓子まで、ラインナップは豊富だ。

「いえ、何がお好みか分からないので色々持ってきてしまって……いらなければ置いといてくださいね」

そう微笑んでいる白井さんに、水城さんが単刀直入に言った。

「白井さん。どうやら、この家に何かがいるのは間違いなさそうです」

白井さんは目を丸くして水城さんを見た。驚いたように声を震わせて尋ねる。

「も、もう見えたということですか⁉」

「残念ながら、見えたというより体験した、という感じです。藤間さんがね。どんな相手がいるかはまだもう少し時間をください」

水城さんの言葉を聞いて、白井さんがはあーっと大きく息を吐いた。そしてどこか安心したように微笑む。その様子を不思議に思っていると、彼女は言った。

「正直、何もいないって言われた方が困るなと思ってました。自分の頭がおかしくなったのかなって。ここで感じた全てのことが気のせいじゃなくて、ちゃんと原因があるのなら良かったです。急がなくても大丈夫なので、どうかよろしくお願いします」

丁寧に頭を下げる白井さんを見て納得する。霊の存在は普通信じ難いものだ。特に、今まで見たことがない人にとっては。そんな人が突然、怪奇現象に悩まされれば戸惑う。いっそ霊がいる、と誰かに言ってもらった方が安心するのかもしれない。水城さんも同じように思っていたのか、優しい目でしっかり頷いた。

「必ず解決します。もう少し待っていてください」

「はい、よろしくお願いします」

その時、屋敷全体に響き渡るような、インターホンの音がした。来客だろうか。

私は白井さんに言う。

「お客さん、ですかね？」

「あ、もしかして……南野《みなみの》さんかも」

彼女はハッとしたように言い、私達にも説明してくれた。

「祖母がお世話になっていた弁護士さんです。遺言の事などで丁寧に対応してくださって、親切な方なんです。私がここに住む、と決めた事も、南野さんは心配してくれて。広いところに一人だし、古いし、祖母の遺言では住まなくてもいいってことだから、無理しない方がいいと。それを押し切って今に至るんですが、この前も心配して見に来てくれたんです」

なるほど、弁護士さんか。しかし、もう遺産の手続きなども終わり、わざわざ様子を見にくる必要などないはずだ。よっぽど優しい人なのか、それとも他に何か理由が？　水城さんを見てみると、彼も同じ疑問を持っているようで、視線が合った時、不思議そうにしていた。

白井さんは慌てて立ち上がり、部屋を出て玄関へと向かっていく。残された私達は、何を言うでもなく同時に立ち上がった。私は小声で言った。

「弁護士さんですって……もうやるべきことは終わってますよね？」

「普通に考えればそうだよね。それともまだ何か手続きとかで必要なものがあるのかな？　ちょっと見に行ってみようか」

頷《うなず》いて玄関に向かって歩き出した。長い廊下を進んでいくと、先に出ていった白井さんの声が聞こえてくる。そしてもう一つ、男性の声も。

「わざわざありがとうございます」

「いえ、本当にまだ住んでいらっしゃるとは。大丈夫でしょうか、この家はだいぶ古いものですが……」

「ええ、でも過ごしやすいですよ。まだ手入れも途中ですが」

玄関先で応対する白井さんの背中が目に入った。そしてその向こうに、男性が立っている。弁護士と聞いてイメージしていたより若い人だった、年は四十前後だろうか。黒いスーツを身に纏《まと》っており、清潔感のある短髪に、どこか安心感を覚える柔らかい表情をしている。第一印象は『いい人そう』だ。ぱっちりした二重がそう感じさせるのだろうか。人当たりがよさそうな声色もまた、そう思わせる。

南野さんは白井さんと話しているところで、ふとこちらに視線を向けた。そして、分かりやすいほどに驚き、狼狽《うろた》えた。

「あ、し、失礼しました。お一人で暮らされるとおっしゃっていたので……その、余計な心配を」

しどろもどろにそう言ったのを見て、私はピンとくる。ははーん、私の存在見えてないですね？　私は確かに小柄だ。隣にいる高身長の水城さんだけ見て、白井さんの同棲《どうせい》相手とでも思ったんだろう。

つまりは、だ。南野さんの訪問は、親切心もあるかもしれないが、白井さんにちょっと特別な感情があるのではないのか？　そう考えれば納得だ。白井さんって美人だしな。

勘違いしている南野さんに、水城さんがにこやかに誤解を解いた。

「初めまして、水城春斗と言います。私は白井さんから依頼されて調査に来た者です」

そこで、ようやく南野さんは私の存在も目に入ったらしい。分かりやすく安堵《あんど》の表情を浮かべた。弁護士さんって、こんなに顔に出やすくて大丈夫なのだろうか？　南野さんは不思議そうに尋ねる。

「調査、といいますと？」

白井さんが困ったように視線を泳がせる。怪奇現象が起きているのでその調査です、なんて、正直に言っていいのか迷っているのだろう。だがしかし彼女より先に、水城さんが答えた。

「はい。このお家から、不自然な物音が聞こえる等の奇怪な現象が起きていると相談を受けまして、それで伺いました」

サラリと真実を言ってしまう。白井さんは困ったように俯《うつむ》いた。南野さんは驚いた様子で白井さんを見る。

「不自然な物音が聞こえる？　奇怪な現象？」

「ええと、実はそうなんです。ちょっと気になってしまって」

「大丈夫なのですか？　それは人為的な原因によるものでは」

「いいえ、その可能性はないと思うんです」

白井さんのその言葉を聞いて、南野さんの鋭い視線がこちらにぶつけられた。さっきとは違い、品定めするような目だ。彼が何を言いたいのかはわかっている。何かの詐欺などじゃないか、と私たちを疑っているのだろう。少し心が傷つきながらも、しょうがないと思う。特に弁護士さんなどは、そういった霊感詐欺の被害に遭った人たちを助けることもあるだろう。疑ってかかられても仕方がない。視えない人間にとって、視える人間は異端なのだ。

白井さんもその視線に気が付いたようでキッパリと言う。

「私がお願いしたんです、怪しい方たちではありません」

南野さんはうっと言葉に詰まり、やや警戒心をあらわにしつつ、わたしたちに挨拶《あいさつ》をした。社会人として、挨拶もなしではだめだと思ったのだろう。

「失礼しました。私、弁護士をしております南野誠吾《せいご》と申します」

名刺を出して渡してくれる。水城さんも、いつだったか私にくれたシンプルな名刺を取り出した。余裕を感じさせる態度で接する。

「心霊相談などを請け負っている水城春斗と申します。驚かれるのも無理はないと思っています、特殊な仕事である自覚があるので。可能なら、白井さんのおばあさまについて少しお話を伺いたいのですが」

南野さんは困ったように白井さんを見た。でも、彼女はお願いします、と目で合図を送る。仕方なしに、彼は頷いてみせた。

「園田《そのだ》和世《かずよ》さんについてですね。お答え出来ることがあれば」

「おばあさまは園田和世さんとおっしゃるんですね。園田さんはこの家を取り壊さないように遺言に残していたとか」

「はい、その通りです。私も詳しい事情は知りませんが、とても大事な家なんだとおっしゃっていました。白井さんには必ず約束を守るよう伝えてくれと。住まなくていい、とにかく取り壊さず、一年に一回掃除に業者を入れてくれればいい。それだけです」

白井さんが言っていた内容と相違はない。水城さんは何かを考えつつさらに尋ねた。

「他に家について何か言っていましたか」

「特に何も。口数の少ない女性でした。元々は同じく弁護士をしていた父と昔からの知り合いだったようで、その縁で私が担当することになりました。足を悪くされてからは施設にいらっしゃいましたが、認知症などはなくしっかりされている方でした」

「南野さんから見て、園田さんにとってこの家はどんな存在だった印象ですか？」

「そりゃ、大切にしているんだな、と。駆け落ちしていなくなった娘さんとずっと過ごした家ですし、思い出がたくさん詰まっていたのでしょう。孫である白井さんに見せたいという思いもあったのかも。ただ、白井さんがそれでここに住むと言ったのは驚きでした。古いお家ですし、なにせ女性一人で住むには広すぎる。それに何より防犯上心配です。白井さんを逆恨みするような相手が何かを企《たくら》んでも、と」

「逆恨み？」

水城さんが興味深げに聞き返した時だった。突然甲高い声が響き渡る。

「あらあら……一人で住むって聞いていたのに、男の人も一緒だったのね？」

それはどこかわざとらしさが感じられるような言い方だった。

全員で声のした方に顔を向けると、開けっぱなしにしていた玄関より少し離れたところに、中年女性が立っていた。年は五十くらいか。顔にべったり塗られたファンデーションと赤い口紅が印象的で、パーマのかかった髪が揺れると同時に、香水のキツい匂いが漂ってきた。彼女を目にした白井さんの表情は一瞬で硬くなった。私たちに小声で告げる。

「親戚《しんせき》の人みたいです、もちろん私は最近まで知らなかった方なのですが」

おばさんはツカツカとこちらに歩み寄ってくる。自然と阻むように、南野さんがおばさんの前に立った。

「道子《みちこ》さん、どうなさったんですか」

「どうもこうも、こんなボロい家に住むっていうから様子見に来ただけ。心配したんですよぉ。でも余計なお世話だったかしら、一人じゃなかったのね？　まさか男性が」

そう言いかけたおばさんは、私の隣の水城さんを見て一瞬言葉を止めた。ああ、彼の顔面レベルは100ぐらいあるので、年齢問わず見惚《みと》れるのは仕方ない。道子さんと呼ばれたその人はわざとらしく咳払《せきばら》いをした。すかさず水城さんがにこやかに言う。

「初めまして、僕たちは白井さんの友人です。二人でお邪魔させてもらいました」

遠回しに深い関係じゃないよ、二人きりじゃないよ、と告げている。私は胸を張って少しでも目立つように心掛けた。高身長でイケメンの水城さんの隣では、やっぱり存在が薄れてしまいそうだが、女の私もいますよ、と精一杯アピールする。

水城さんの自己紹介を受けて、南野さんが淡々と続ける。

「お二人とも白井さんのお友達だそうです。私は近くまできたので少し立ち寄っただけです。まだ相続について何かご不満が？」

そう言うと、おばさん……いや道子さんだったか、が笑った。

「不満なんてそんな！　あるわけないですよ。あのばあさんが決めたことですし……ただ、生前一度も会わなかった孫にほとんどの遺産を譲るっていうのは驚きましたけどねえ。私達がずっとあの偏屈ばあさんの面倒を見てきたんですけど。まあしょうがないですね、あのばあさんはいっつも、無関係の人間に肩入れするんだから！」

そう笑顔を作って言っているが、言葉の端々から隠し切れない不満と敵意が伝わってくる。どこか嫌みっぽいのだ。初対面の私ですらそう思うのだから、白井さんはより感じているだろう。南野さんは静かな声で反論する。

「園田さんの遺言、ご覧になりましたよね？　あなた方は様子を見にきたと言って来ては、園田さんにお金をせびっていた。面倒を見るといっても、入る施設を探しただけだと園田さんは言っていましたよ。遺言書による相続は正当なものです、孫である白井さんに八つ当たりするのはやめてください」

「当たる⁉　人聞きの悪いこと言わないでください。私は親戚同士仲良くしたいなあと思ってるんですよ。ほら、ここから少し行った先にあるカフェでお茶でもしようって誘いにきたんですよぉ」

道子さんの目はどう見ても笑っていない。白井さんは穏やかな口調で答えた。

「お誘いはありがたいのですが、まだ家の掃除も済んでいませんし、また次の機会に」

「やだわ、そう言って前も断ったじゃない」

彼女は顔を歪《ゆが》める。私は呆《あき》れた目で見た、こんなに敵意を隠し切れない相手と二人で、お茶なんかしたくないに決まっているのに。だが、それでも相手は引かない。

「そんなこと言わずに、ちょっとだけでも！　先に入って待っっててあげるから、美味《おい》しいケーキを食べましょうよ。あの偏屈ばあさんの話とかしてあげるから」

懸命に誘う道子さんを見て不思議に思う。一体何をこんなに必死になっているんだろう。白井さんを誘い出してどうしたいのだろうか。

この短時間でも道子さんについては大分わかってきた。この人は恐らく園田さんの遺産がごっそり白井さんに渡ったのが気に入らないのだろう。疎遠だった孫ではなく、近くにいた自分たちが受け取るのが当然と思っていたのかもしれない。

そういえば白井さん、水城さんの家にきた時、悠さんが『あなたに遺産が譲られた事を逆恨みした、他の人間によるいたずらという線は』という質問に対して、どこか晴れない顔をしていた。このおばさんの存在だったのだろう。

ついに南野さんがキッパリと言った。

「白井さんは多忙なようですし、お引き取り願えますか。それから何度も申し上げますが、相続についてはもう決まっていることですので、今更どうあがいても変わることはありませんので」

そう言われた道子さんはぐっと黙る。そして白井さんを一瞬睨《にら》むと、すぐに踵《きびす》を返して帰っていった。白井さんをちらりと見ると、ほっとしたように表情を緩ませた。私は声を掛ける。

「気にしないほうがいいですよ。あんなの、無視が一番ですよ」

「ええ、ありがとうございます。ごめんなさい、変なところを見せてしまって」

「白井さんが謝ることじゃないですよ！」

困ったように苦笑する彼女を気の毒に思った。突然怪奇現象が起こる家を相続し、他人から恨みを買うなんて。本人は何も悪くないというのに。

水城さんが南野さんに訊《き》いた。

「さっきの方、敵意がむき出しでしたね。相続について揉《も》めたんでしょうね」

「詳しいことは言えませんが、まあご想像通りかと」

水城さんは頷《うなず》く。真剣な眼差《まなざ》しで、道子さんが去って行った方を見ていた。それから南野さんに向き直る。

「話を戻しますが南野さん、この屋敷に不可解な現象が起きているのは事実なんですが、何か心あたりはありませんか？」

「さあ、さすがに……園田さんは長くここに暮らしていたようですが、施設に入ってからはほとんど誰も入っていないようですし。それに、申し訳ないですが、私はそういった現象も信じておりません。何か他に原因があると思っています」

「そう思われるのは当然です。それでいいと思います」

水城さんは微笑んで言った。南野さんは、そんな水城さんの反応に面食らっているようだ。『幽霊はいます！』と鼻息荒く反論してくるとでも思ったのだろう。やや申し訳なさそうに俯《うつむ》いた南野さんは、白井さんに言う。

「突然お邪魔してすみませんでした。道子さんには気をつけてください。ここでの一人暮らしはそういう面でも心配です。何かあれば連絡してもらって結構ですから」

「あ、はい。わざわざありがとうございます」

南野さんは、白井さんと、私たちにも丁寧に頭を下げると玄関の外に出て、戸を閉め去っていく。一気に静けさが訪れる中、白井さんがポツンと言った。

「南野さんもとても親切にしてくれて……ありがたい限りです」

そう言った白井さんに、私は思わず違うと指摘しかけてすぐに口を閉じた。ううん、最初水城さんが出てきた瞬間、南野さんすごく狼狽《うろた》えていたから、多分白井さんに好意を持っているんじゃないのかなあと思うけど……まあ、私が何か言うことではない。そう一人で結論づけ、隣の水城さんに言った。

「南野さんにお話が聞けたのはよかったですね」

「そうだね。何か現象についてわかったわけじゃないけど、園田さんの背景が少し見えたね」

水城さんは何かを考えるように呟《つぶや》いた。それを見た白井さんは、少し気まずくなった空気を変えるように、笑顔で言う。

「お騒がせしてすみませんでした！　新しいお茶を淹《い》れてお持ちしますね」

そう言って、台所の方へと消えていってしまった。

三

私と水城さんは再度客間に戻ると、白井さんが淹れ直してくれたお茶を飲んだ。たくさん並べられた差し入れを眺め、とりあえずチョコレート菓子を開封してみる。

なんだか色々あって、二階で体験した現象もちょっと恐怖が薄れてくれたかもしれない。ため息を吐きながら、甘いお菓子を口に投げ入れる。もぐもぐ口を動かす私に対し、水城さんは何かを食べることはなく、お茶だけ飲みつつ口を開く。

「結局、この屋敷にいるものの正体はまだ分からないね。あの道子さんって人から何か話を聞ければよかったけど、まともに話せそうにないし」

「絶対無理ですよ！　あのおばさんは話を歪めて伝えてきそうだし、聞かなくていいと思います」

「やっぱりそうだよね」

「白井さんも大変ですねえ。なんか、ここに住むの大丈夫なのって私も思っちゃいました。怪奇現象もあるし、変なおばさんも来るし」

「確かにね。最終的に、やっぱりここには住めないってなるパターンもあるかもしれないね」

せっかく決意して引っ越してきたのに、と同情してしまう。この広い屋敷を、必死に掃除して手入れして、自分の知らない母と祖母の面影を感じたかっただけだろうに。そう考えていると、水城さんがじっと黙り込んでいることに気づく。

「どうしたんですか?」

「ずっと思ってたんだけど、ちょっと不思議なんだよね。住まなくてもいい、でも取り壊すなっていうのが」

「そうですか? 思い出の家を残したいっていう園田さんの願いかな、って思いましたけど」

「いっそ住んでほしい、っていうならまだ分かるんだけどな。考えすぎかな」

水城さんはそう言いながら手を伸ばし、甘いものではなく、塩味のお菓子を手に取った。封を開けて棒状のそれを齧《かじ》る。なんか、水城さんはお菓子を摘《つ》まんでいるだけでもテレビCMみたいだなあ、なんてどうでもいいことを考えつつ、私はチョコレートの甘さを口の中で味わいながら、水城さんが言っていた内容を思い返す。

会ったことがない孫に託す思い出の家。どうか取り壊さないでほしい、大切な場所だから。

というか、そもそも。ありえると思うけどなあ。

「おばあさんは施設に入る前、気が付いていたんですかね? この家に起こる現象。それとも、おばあさんがいなくなった後に何かが棲《す》み始めたんでしょうか?」

「いい視点だね。そこは僕も気になってる。家に棲みつく場合、多くはその家に関係のある人物が死後、霊となっても住み続けてしまうパターンが一番多い。でも外から来る場合もある。たまたま彷徨《さまよ》っていた霊が、生前住んでいた家によく似ていたから入ってきちゃったとかね。どっちなのかはまだ分からない。それと気になっているのは、さっきの道子さんって人……」

水城さんは考え込むようにお菓子をかじる。それを見つめながら、私も次のチョコレートを、と箱に手を入れたとき、違和感に気づく。指を突っ込んでも、何も当たらない。あれっと思い、箱ごと持ち上げる。

軽い。

慌てて覗《のぞ》き込んでみると、まだ二、三個しか食べていなかったはずのチョコレート菓子が、全て無くなっていたのだ。さあっと全身が涼しくなる。

「み、水城さん……食べました？」

そんなわけないのに思わず尋ねてしまった。だって箱はずっと目の前にあったし、水城さんは甘いものが苦手なんだし、ありえないはずだ。案の定、彼は目を見開いて驚く。

私から箱を受け取り、中を覗き込んだ。

「藤間さん、まだ全然食べてなかったよね？」

「は、はい、ほんの二、三個ぐらい」

水城さんは厳しい顔をして箱を見ている。それをそっとテーブルに置くと、ため息まじりに言った。

「これも間違いなく、現象の一つだろうね」

「びっくりしました、急になくなったから……お、お茶飲んで落ち着こう」

そう言い、お茶に手を伸ばそうとする。そこでまたしても、あれっと声を漏らしてしまった。先ほどまであった湯呑《ゆの》みが、なくなっている。水城さんの分はちゃんと残っているのに、私の分だけがない。さっきまで確実に目の前にあったはずなのに。一度飲んだのだから間違いない。

呆然《ぼうぜん》としていると、水城さんはキョロキョロと辺りを見回した。そしてある一点を見て視線が止まる。私は彼が見ている方に視線を動かした。

客間の端にある床の間。古びた掛け軸が掛かったそこに、ひっそりと湯呑みがあった。その水面は、今動かしたばかりのように揺れていた。


その後、水城さんともう少し家を見て回ったけれど、おかしなものを見ることはなかった。物が勝手に移動したのもあれきりだ。しばらくして外も暗くなってきたので、今日は一度帰ろう、という話になった。それを白井さんに告げると、彼女は非常に残念そうな顔になる。

「泊まっていかれるかなと思い、布団など用意してあるんです。よければどうですか？」

そう言う彼女の顔は不安でいっぱいだった。聞かなくてもわかる、一人で過ごすのが怖いのだろう。そりゃそうだ、なにせ今日、この家には何かいますと断言してしまったのだから。水城さんは困ったように言った。

「僕はまだしも、藤間さんは女性ですし、何も準備がないまま泊まるのも」

私を気遣ってくれる優しさに感激しつつも、目の前でしょんぼりする白井さんを放っておけなかった。幽霊だけじゃなく、あんな厄介そうなおばさんにも目を付けられて、気の毒でならない。

結局、私は着替えなど諸々《もろもろ》を白井さんに借りるということで、ここに泊まるのを水城さんに提案した。私がそう言えば、『藤間さんがいいのなら』と水城さんも納得してくれ、今日この家に泊まることが決定した。それを聞いた白井さんはホッとしたように表情を緩め、嬉《うれ》しそうに泊まりの準備をしてくれる。彼女が作ってくれた夕飯はとても美《お》味《い》しくて、美人で性格もよくて料理もできるのに、なぜ独身なんだろうと不思議に思ったくらいだ。

夜になってくると、屋敷は不気味さを増してくる。なにせかなりの広さがあるのに対して三人しかいないし、田舎なので外も真っ暗。車が通る音すらせず、虫の音だけが響いている。真夏だというのに、どこに足を運んでもひんやりとしていた。この時点で怖さで震え上がっていた。正直、泊まると提案したことを少し後悔している。

そんな私に気づいていたのか、水城さんは『二人は同じ部屋で寝た方がいいんじゃない？　白井さんが怪奇現象に遭う時、藤間さんなら何か見えるかもしれないから』と、それとなく提案してくれた。彼の優しさに心の中で拝み倒す。白井さんも勿論《もちろん》快諾し、私と白井さんが同じ部屋、その隣の部屋に水城さんが寝ることになった。

さて、あとの問題はお風呂《ふろ》だ。私は、正直に白井さんに言った。『怖いので一緒に入りませんか』と。この家のお風呂はかなり広く、二人で入っても問題がないくらいだったのだ。

こういう仕事をしている人間は怪奇現象なんて怖いと思わないだろう、と考えていたらしい白井さんは驚いていた。私が『採用されて間もなくて、まだ仕事に慣れていないんです』と素直に明かすと白井さんは納得してくれ、果たして出会った初日の女二人が一緒にお風呂に入ることになったのであった。

「本当は私も怖かったんです。なので藤間さんが提案してくれて嬉しかったです」

脱衣場で白井さんがそう笑った。

お風呂場は旅館のちょっとした貸切風呂のようだった。二人並んで服を脱いでも余裕のある脱衣場は、右上にヒビが入っている大きな鏡が印象的だった。その前には白い可愛らしい棚が置かれていて、床にはデジタル式の体重計もある。多分白井さんが持ち込んだものだろう。古い家の雰囲気と少しアンバランスで、でも逆にそれが安心感をもたらしてくれた。私は白井さんに借りたパジャマを棚に置き、頷《うなず》いてみせる。

「そう言ってもらえてよかったです。初対面で一緒にお風呂とか、引かれちゃうかと思いました！　それに着替え、ありがとうございます」

「いえいえ。それ、一度も袖《そで》を通していないものだから安心してください。水城さんにお貸しするものも新品ですから」

そう笑いながら服を脱いだ白井さんを見て、失礼だと分かっていながらも二度見してしまった。豊満な胸元に目を奪われたのだ。凄《すご》い、とんでもないぞ。そして私はそっと視線を落として自分の胸元も見る。悲しい、むなしい、寂しいの三銃士。ちょこっとでいいから分けてほしい。

「私ももうちょっとあれば悠さんに馬鹿にされないかなあ……」

そう独り言を呟《つぶや》きながら服を脱ぐ。あの人、いつも人を色気がないだのチビだの馬鹿にしてくるのだから。小声だったが、白井さんには聞こえてしまっていたようだ。こちらを見て目を丸くする。

「彼氏さん？」

「ふぁっ⁉　ちち、違います！」

変な声が漏れてしまった。悠さんが彼氏だなんて、とんでもない！

「あ、違いましたか」

「し、仕事仲間です！　いつもからかわれているだけの関係です！　断じて彼氏ではないんです！　ああ、あんな人を彼氏だなんて！」

想像するだけでゾッとする。いや、多分向こうもそう思っているだろう。『俺がお前の彼氏？　妄想でもすんな、出演料もらうぞ』とか言いそう。

白井さんは声を上げて笑う。

「でも仲良さそう。そうやって言い合える相手って一緒にいて楽だったりしますよね」

「いや、絶対いいように勘違いしてます。私、彼氏にするなら……」

水城さんみたいな！　と言いかけて口の中で濁す。かっこよくて優しくて、まあ方向音痴だけど全然いいや。あんな人とお付き合い出来たら素敵だよね。そう思って想像してみるが、水城さんが彼氏だなんて光景は、面白いくらい頭に浮かばなかった。多分、自分とは不釣り合いだって理解しているのだろう。それはそれで虚《むな》しい。

「藤間さんは可愛らしいし、男性からは凄く好かれそうですね」

「どこがですかぁ！　白井さんこそ、美人だし優しいし料理も出来ちゃうし、モテモテでしょう」

「とんでもない。少し前も振られました」

信じがたい言葉にぎょっとして隣を見る。彼女は苦笑いして言う。

「結婚しようって話も出てたんですけど、浮気されちゃって。実はね、祖母の家に住んでみようって思ったのも、それが大きかったんです。引っ越しもしたかったし、仕事も変えたくて……彼も浮気相手も同じ職場だったから。そんな理由で引っ越してきちゃったから、ここにいる誰かが怒ってるのかも」

そう寂し気に言う白井さんに、私は何も言えなかった。

そんなことがあったんだ。こんないい人なのに、浮気されるなんて。なるほど、それで心機一転ここに引っ越してみたということか。その気持ちは理解できた。むしろ、踏んだり蹴《け》ったりな白井さんに同情が止まらない。彼氏に裏切られたあげく、新しい生活すら気持ちよくスタートできないなんて、あまりに辛《つら》い。

私はぐっと拳《こぶし》を作り、白井さんに向き直る。

「大丈夫です！　きっとここにいる霊を除霊して、安心して過ごせるお家にします！　私はまだ新人ですけど、水城さんは凄いですから。ほんとに！」

力強く言った。そう、水城さんと、それと悠さんも。今までもこの目で、事件の解決を見てきたのだ。浄霊の部屋もあるんだから、きっと大丈夫だ。

気合十分な私を、白井さんは目を細めて嬉しそうに見た。私もつられて微笑む。

「って、裸で何言ってんでしょうね私」

「あはは、ほんと。お風呂に入りましょう。シャワー、藤間さんが先に使ってください」

「私は大丈夫です、湯船のお湯で洗わせてもらいますから、白井さんが使ってください！」

そう言い合いながらようやく二人で浴室に入った。中もやはり広い。だが、家の状態と比べて風呂場はところどころ新しく感じた。洗い場や床など、そこまで年季が入っているように感じなかったのだ。浴槽も比較的新しい檜《ひのき》と思われ、シャワーも傷が少なく見える。

「もしかしてここだけリフォームしました？」

「いえ、私じゃないんですが、ここだけ結構綺麗《きれい》ですよね。多分祖母がしたんでしょうね。足を悪くしてたし、使いやすいように変えたのかもしれません」

「ああ、施設に入る前から足を悪くされて、っておっしゃってましたね」

「はい、動くのも精いっぱいなくらいだったみたいで。けど頑《かたく》なに施設は嫌がってて……徐々に悪化して、最後は周りに説得されて渋々、って感じだったみたい。ほら、二階って物置状態だったでしょ？　あれは私が来る前からです。階段も大変だし、二階はほとんど使ってなかったんじゃないかしら」

「ああ、お宝がありそうなお部屋ですよね？　絶対凄い掛け軸とか壺《つぼ》とかありますよ！　あと白井さんのお母さんが使ったと思われるおもちゃがありましたよ」

私が言うと、白井さんは驚いた。

「おもちゃなんてありました？　まだよく見てなかったから……もしあるなら、ちょっと見てみたいな。幼い頃の母と祖母の思い出を少しでも知れたなら」

「ぜひ見てみてください。おばあさん、きっと捨てられなかったんだなぁって微笑ましかったですから」

私の言葉を聞いて、白井さんは優しく微笑み、感慨深そうに話す。

「昔、一度だけ、母から祖母の話を聞いたことがあるんです。『とにかくなんにでも全力の人で、頑固だった。遊ぶときも全力で遊んでくれる人だった』って……今思うと、頑固は母も似てますよね。死ぬまで祖母と和解しに行かなかったんですから。でも今、ちょっとだけ思うんです。生前の祖母に、会ってみたかったなあ、って」

哀愁漂うその響きに、私は何も返せなかった。両親を亡くし、祖母も会えることなく死んでしまったことに、やるせない思いがあるのだろう。

白井さんは返答に困っている私に力なく笑いかけると、結んでいた髪をおろして洗う準備を始める。自然と会話は途切れ、私も白井さんから視線を外し、目の前に置いてあった桶《おけ》で湯船から湯をすくう。背後では白井さんがシャワーを出し始めていた。熱いお湯で体を流し、爽快感《そうかいかん》に包まれながら、ふと先ほど交わした会話に引っ掛かりを覚える。

動くのも精一杯なくらい足が悪かったんだ、園田さん。そんな体でこの家に一人で住むの、すごく大変だっただろうな。そんな園田さんに施設に入るように説得していたのが道子さんというわけか。そういえば、さっき水城さん、道子さんのことで何か言いかけていたけれど……。

そんなことを考えながら全身を洗っていく。シャワーは白井さんが使っているので、私は桶で何度かお湯を汲《く》んで流す。二人分のお湯が大量に流れ、洗い場の中央にある排水口に勢いよく吸い込まれていった。時折派手な音を立てる排水口に、なんとなく耳を傾けながら、体を洗っていく。

「先に入りますね、よかったらシャワー使ってください」

しばらくして白井さんに声を掛けられて頷いた。視界の端で肌色が動き、湯船に浸《つ》かるのを捉《とら》える。私もそろそろ洗い終わるな、と思いながら、髪から滴る水分を軽く絞った。シャンプーなども白井さんに借りたので、普段と違う香りに包まれ、なんだか不思議な気分だ。

最後に少しだけシャワーを借りようかと振り返った時、黒髪の後ろ姿が見えた。白い肌の人がシャワーを頭から浴びている。濡《ぬ》れた長い髪が背中にべっとり張り付いていた。それを見てふと動きを止める。

ついさっき、湯船に入っていったのに、白井さんいつの間にまた戻ったの？

後ろ姿は動かない。体を洗うわけでもなく、ただシャワーを浴びている。手は力なくだらりと体の横に垂れていた。大量のお湯が、排水口に流れていく。私はピクリとも動かない異様な後ろ姿に目を奪われた。

ザーッというシャワーの音に混じり、ゴボッゴボッという排水口の音も響いてくる。私は声も掛けられず、呆然《ぼうぜん》と眺めていたが、今度はゆっくり湯船の方を振り返る。湯船には女性が一人、こちらに背を向けて入っていた。長い髪は一纏《まと》めにしている。髪から細い首に、水が滴り落ちていた。その姿もまた動くことなく、ただひっそりと存在していた。

混乱と恐怖が押し寄せ、頭の中が真っ白になった。完全にパニックに陥り、自分の呼吸が速くなる。体は固まり、ピクリとも動いてくれない。

わけが分からない。ここに二人、女がいる。

白井さんと、あともう一人は？

誰？

目玉だけを動かして交互に二人を見た。どちらが白井さんなのかまるでわからないし、確かめる術《すべ》も見当たらない。声を掛ける？　なんて？　分かったところで、もう一人をどうすればいいのだろう。

そう思っていた時、排水口の方から、違う音が聞こえてくる。水が吸い込まれる音とは違う、高い音だ。か細く今にも消え入りそうだが、これは人の声だと直感した。

心臓が痛いほどに鳴りだした。今すぐ叫びだして逃げたいのに、体は言うことを聞いてくれない。囚《とら》われたように体は動かないのに、耳だけが過敏に反応している。

何かに呑《の》まれるように水が流れていく、あの小さな穴に……。穴が水を吐き出しそうになりながらも、苦しそうに飲み込んでいるのをイメージさせるようなゴボッという音に、憎しみの声が交じる。

『出ていけ』

そうハッキリと、聞こえた。

そこでようやく私の体は自由を取り戻し、叫び声を上げた。バランスを崩して床に尻餅《しりもち》をついてしまい、ひんやりとした冷たい温度が皮膚に伝わる。私の声に白井さんが振り返った。湯船に入っていた方の女性だった。シャワーを浴びていた人はいつの間にか消えていなくなり、シャワーだけが出しっぱなしになっていた。

「藤間さん？」

白井さんが驚いた顔で私の顔を覗《のぞ》き込む。私は震える声で言った。

「い、今、女の人の声が、排水口から……！」

「え？　何ですか？」

「そこから、声が！」

排水口を指で差して訴えながら、湯船に浸かっている白井さんを見上げた。彼女は目を丸くして私を見ている。そんな彼女の肩に違和感を覚えた。

彼女は髪をしっかりゴムで縛って纏めていた。その肩に、長い髪が垂れているのだ。それに気づく様子もなく、白井さんはただこちらを見ている。私は固まってその右肩を見つめた。

「藤間さん、どうしたんですか？」

白井さんは首を傾げている。その肩のすぐ後ろから、何かが持ち上がってくる。ゆっくりゆっくりと見えてきたのは、黒い塊。それは人間の頭部だった。徐々に額が見え、真っ白な肌が見え、そしてついに目が――。それと視線が合った時、私は意識を飛ばしてしまいそうになった。

憎しみのこもった眼光だった。瞳孔《どうこう》が開ききった生気のない黒目がこちらを見ている。目尻が吊《つ》り上がり、明らかに私を睨《にら》みつけていた。濡れた髪の毛がざわざわと広がっていき、生き物のように見えた。白井さんの首にそれが巻き付いていくような錯覚に陥り、私は声の限り叫ぶと、何かを説明する暇もなく、白井さんの手を掴《つか》んで風呂場《ふろば》を飛び出した。一度だけ振り返ったけれど、白井さんの肩にはもう何も見えなかった。

風呂場の引き戸を勢いよく閉める。すりガラス越しにぼんやり見える向こうの様子に目をこらす。なんとなく浴槽の形が見えるが、そこから何かが出てくる気配はなかった。

「な、何かあったんですか？」

体中に水滴をつけたまま不安そうに立ち尽くす白井さんを見て再度確認するが、何も連れてきてはいなかった。私は乱れた息を落ち着かせながら、早口で言う。

「すぐに出ましょう！　いました！」

その短い言葉で理解してくれたようだった。私たちは雑に体を拭《ふ》いて、適当に服を着ると、すぐさま脱衣場から飛び出した。

動きに合わせてギシギシと木が軋《きし》む、長い廊下を二人で走る。玄関近くまで来たとき、上から声が降ってきた。

「藤間さん？　何かあった？」

見上げてみると、階段を下りてくる水城さんがいた。驚いた顔をして私を見ている。そんな彼の姿を見ただけで、安堵感《あんどかん》に包まれ、泣いてしまいそうになった。

「上の鏡を観察してたんだけど、遠くから叫び声が聞こえたから……藤間さんの声かな？」

私の前まで降りてきた水城さんが尋ねる。私は顔をくしゃくしゃにして言った。

「はい、私です。あの、み、水城さん……！」

「何かいたんだね？」

「お、女の人です！　凄《すご》く怖い相手でした、敵意の塊みたいで。湯船の中から出てきて、私睨まれて……」

水城さんは一つ頷《うなず》く。そして、ぽんと私の頭に手を置いた。急いで出てきてろくに拭いてすらいない髪は、きっとびしょびしょだというのに。そして、子供に話しかけるように丁寧に言う。

「怖かったね。なのに、ちゃんと白井さんも連れてきて偉かったね」

私を落ち着かせるために優しい声でそう言ってくれる水城さんを見て、すっと冷静さを取り戻す。その代わり、至近距離で見るその顔にどきりとしてしまった。恐怖をときめきに変えてしまうなんて、やはりとんでもなく顔がいい。水城さんは私の後ろに立っていた白井さんに訊《き》いた。

「女性の霊がいたようですが、白井さんは気づかれましたか？」

「い、いいえ私は何も。突然藤間さんが叫びだしたので、ただびっくりして……！」

「大丈夫です、落ち着いて。ちょっと僕が見てきますので、二人は一緒にいてください」

そう言った水城さんに頷くとともに、心の底から感心してしまう。すごい、怖い霊が出たお風呂場に一人で行けちゃうなんて。そういえば、二階の鏡も見に行ったと言っていた。私には絶対無理だ。

その勇気に感服して震えていると、水城さんはすぐさま歩き出す。その背中を見て、あっと気が付くことがあった。一つ、これだけは伝えなければ。

「水城さん！」

「どうしたの⁉」

「お風呂場は反対です！」

「…………」

私の声に頷いた彼は、ちゃんと反対側に向かってくれた。ちょっとだけ締まらない去り方だったけど、そのおかげで私の体からはだいぶ余計な力が抜けた。微笑む余裕すらでき、一度深呼吸をして、白井さんを振り返った。

「すみません、ちゃんと説明も出来ないまま」

「とんでもないです。あの、何がいたんでしょうか」

「若い女の人です。私たちに出て行ってほしいみたい」

そう、排水口からははっきり『出ていけ』と聞こえた。そのあと見えた姿も、こちらへの敵意がむき出しだった。あれはあまりよくないものなのではないだろうか。私は直感的にそう感じた。

白井さんは困ったように呟《つぶや》く。

「私が後に住んだせいなんでしょうね。自分の家だって言いたいのかな」

「それはあるかもしれません。今、水城さんが見てくれていますから……とりあえずもうちょっと髪とかなんとかしましょうか。服も濡《ぬ》れちゃってますしね」

私たちはお互いを見て苦笑した。慌てて出てきたため、パジャマのボタンは掛け違えているし、髪の毛のせいで肩も濡れている。あれ、そういえば私、水城さんにすっぴんパジャマ姿を見せてしまったのでは。まあもう、しょうがないか。元々化粧してもあんまり変わらないってよく言われるし。

私たちは客室に移動して、持っていたタオルで髪を拭いた。そこへ少しして、水城さんが戻ってくる。彼は残念そうな表情をしていた。

「僕が行ったときは何もいなかったよ。やっぱり駄目だね、藤間さんじゃなきゃ。もう一度、見た時の状況を詳しく教えてくれる？」

水城さんに尋ねられ、私は細かく説明した。若い女性の後ろ姿が見えたと思ったら、排水口から『出ていけ』という声が聞こえたこと。湯船の中で、白井さんの後ろから顔が見えたこと。敵意に満ちた様子だったこと。

それを聞いた水城さんは黙って何か考え込んでいた。私は彼に訴える。

「ほんとにすごく怒ってる感じだったんです！　怖くて震えてしまいました。こちらの話なんて聞いてくれそうになくて。人に攻撃的な霊ってやっぱり、強制的な除霊に」

「確かに、怒りを持っていたり敵意を持っているだけならともかく、こちらの話も聞かず、人間に危害を及ぼすような霊はよくない。でも、攻撃的っていうのはどうだろう？」

私とは反対に、水城さんは非常に冷静な物言いだ。

「僕はここにいる霊は、そんなに危険なものじゃないと思っているんだ。なぜなら、今までの現象を思い返すと、そんなに攻撃的なものはなかったからだ。白井さんの体験も、物が動く、足音がする、ぐらいのもの。藤間さんも、鏡の件は凄く怖かったと思う。でも、実はやってることってそう恐ろしいことじゃないよね。鏡に向かって藤間さんの顔をいじって無理やり笑わせた、ってことでしょ」

「……確かに冷静に考えれば」

「お菓子がなくなる、お茶が移動する。どれも奇怪なことであるには違いないけど、内容は子供のいたずらレベルだ。本当に出て行かせたくて攻撃的というなら、もっとひどい方法をとる霊を沢山見てきた。それに、今日二階で藤間さんが体験したとき、君は言っていたよね、何も感じなかったと。今、藤間さんがそれだけ怯《おび》えるほどの霊なら、上で遭遇したときもきっと何か感じたはずなんだ。つまり、昼間と夜の間に、霊の中で何か大きな変化があったのかもしれない」

そう言われてしまえば、納得してしまう。先ほど見た女性の恐ろしい顔と声で私はパニックになってしまったが、冷静に考えれば、それ以外はそれほど危険な目に遭っていない。霊の怒りの度合いと、実際の行動の釣り合いが取れていない気がする。それに水城さんの言う通り、霊の怒りは、昼間と比べて急に燃え上がっている。それはつまり……どういうことだ？

水城さんを見てみるも、彼も不思議そうにしている。

「ちょっとまだ情報が足りないかな。相手が誰かも分かっていないし。ううん、話でもさせてくれればいいのになあ、僕の前にはちっとも現れないし」

「そうですね」

「まだ悪霊とは決めきれないから、対処法も保留かな。なぜ急に怒りを露《あらわ》にしだしたのか、もう少し調べたい。ただ、女性の霊がこちらに敵意を持っていて出て行かせたい、というのは間違いないだろうね。そう考えると、夜ここにいるのはちょっと危険かな。白井さん、よければうちに泊まりに来ますか？」

水城さんが訊いた。白井さんは迷ったように視線を泳がせる。

「どうでしょう……。今まで攻撃的なことをしてこなかったのなら、水城さんたちがそばにいてくだされば大丈夫かな、とも思いますが」

彼は確かに、と頷く。

「夜の方が一般的に霊は動きやすいですから、霊と遭遇したい僕からすれば、ここに残らせていただけるとありがたい気持ちはあります。ではもう少し様子を見ましょうか」

「はい、わかりました」

水城さんは一旦《いったん》ため息をつくと、難しい顔をしながら独り言のように呟いた。

「そう、まだまだ情報が足りない。二人が入浴中、ちょっと家の中を拝見していたんですが、気になることがあって……生前のおばあさまについてもうちょっと知りたいんです。白井さん、関係のあった親戚《しんせき》の連絡先とかご存じではないですか？　昼に来た道子さんはあまり冷静に話せなそうだし」

「いいえ。私はまるで知らないんです。祖母は元々親戚たちとは疎遠だったようだし……あ、でも、南野さんなら知っているかもしれません。遺産相続のことで連絡を取ったかもしれないから」

「では南野さんに僕から聞いてみます。そうだ、さっき貰《もら》った名刺」

名刺を取り出す水城さんを、私はじっと見る。さっき、家の中で気になることがあったって言っていたけど、一体何なんだろう。

それにしても霊って難しいな、と思う。こちらに敵意を持っていたとしても、悪霊とは限らないのか。そういえば一番最初に水城さんが、『生前どんな人だったか、なぜ死んだかの理由が重要』だと言っていた。あれだけ怖くても、相手の中身次第では強制的な除霊ではなくなる。雪乃以来、怖い霊には遭っていなかったので忘れていた。

水城さんがスマホで南野さんに連絡を取り始めたので、私と白井さんは髪を乾かしたり化粧水をつけたりと、入浴後のお手入れを行った。彼女は見るからに可哀想なくらい怯えていた。

南野さんからの返事はすぐに戻ってきて、『個人情報なのですぐには教えられない、まずは自分が相手に話をしてみる』という至極真っ当な内容だった。結局南野さんからの連絡待ちになった私達は、今日は早く休もうということになり、寝る準備をする。

私と白井さんは同じ部屋。そして襖《ふすま》一枚を挟んで隣が水城さんの部屋だ。これで何かあっても、すぐ近くに水城さんがいてくれるから安心、というわけだ。

布団を敷くのを手伝おうとしたら、白井さんはお客様にさせるわけにはいかない、と頑《かたく》なに断った。なので仕方なく、私と水城さんは客間でゆっくりお茶を飲んで待つことにした。

待っている間、いつの間にか空になっていた例のチョコレート菓子の箱を手に持ち、ぼんやり眺める。さっきお風呂場《ふろば》で見た女の人の目を思い出し、ぞぞっと寒気を覚えた。あの人は何であんなに怒っていたんだろう。出ていけ、って言っていた。でも実際やったのはチョコを奪うぐらいだもんな。やることが可愛いといえば可愛いか。

「大丈夫？　藤間さん」

目の前に座る水城さんが心配そうにこちらを見ていた。はっとして顔を上げる。

「あ、大丈夫です！」

「怖い思いばかりさせてるね。やっぱり引き寄せやすいから……僕は色々情報が得られて助かっているけど、藤間さんは怖くてたまらないよね」

「まあ怖いですが、それが私の仕事ですもん。分かっててこのお仕事を引き受けたので仕方ないです」

正直に答えた。私は除霊なんて出来ないし、引き寄せることが仕事。それに怖い思いをした後は、水城さんで癒《いや》されているから大丈夫だ。すると彼はにこりと笑った。水城さんは笑うと一気に子供っぽさが増す。

「流石だね。改めて、藤間さんみたいな根性ある子が来てくれてよかったって思うよ。悠が気に入るだけの事はある」

「だから悠さんは絶対気に入ってないですよ！　いつも聞いてるでしょう、散々チビだの色気がないだの言って！」

「あはは！　ごめん、あれは失礼だよね。ノートにさ、そのことも書いたんだよ。せっかく見つけたいい人材なんだから、もっと大事に接しろってさ。返事はなんて書いてあったと思う？『十分大事にしてる』だってさ」

「どの口が言うんでしょうね？」

私は目を据わらせて言った。大事にされている記憶なんて欠片《かけら》もないのだが。そんな私を見て、水城さんは笑いながら言う。

「ごめんね。あいつは子供みたいだからさ、気に入った子ほど虐《いじ》めがちっていうか。僕は付き合い長いから分かるんだけどさ」

「それずっと不思議だったんですけど、そもそも水城さんと悠さんってあまりにタイプが違いすぎませんか!?　仲いいのが奇跡ですよ！」

つい鼻息を荒くして言ってしまう。彼は面白そうにまた笑った。

「それよく周りにも言われたかな、意外な組み合わせだって。あいつは口悪いよね、気遣いとかもしないしさ。でも悪いやつじゃないんだよ。今までうちに来た人を辞めさせていたのも、仕事に対する熱意とかがなかったのが許せなかったみたい。でも藤間さんはやる気満々じゃない。部屋も可愛く飾ってくれたりさ。だから、悠はかなり君を気に入ってる。僕は分かるけどね、藤間さんをからかって楽しんでる感じが」

「楽しんでる……？　とりあえず悠さんが絶対モテないってことはわかりました」

「あははは！」

水城さんはお腹を抱えて笑う。そんな面白いこと言ったっけ。正論しか言ってない。あんな男、モテるわけがないのだ。私は今度は、目を輝かせて水城さんに言った。

「水城さんはモッテモテでしょうね！　今までどれだけ女の人に言い寄られてきたんですか？」

「ええ？　モテないって」

「嘘ですよ！　これでモテなきゃ世の男は泣いちゃう！」

「うーん、予約した店にたどり着く前に相手の機嫌を損ねることは多いかな」

「あっ……」

察した。

水城さんはテーブルに頬杖《ほおづえ》をついて拗《す》ねるように言う。

「下調べはする方なんだけどな。だから大丈夫と思って行くんだけど、遅刻することが多くてね。大分早めに出ても、だ。どうすればいいんだろう」

心の中で呟《つぶや》いた。ナビを入れればいいと思います。

「途中で待ち合わせて一緒に行こうとか、迷っちゃってもっと最悪だよね。最初は向こうも楽しそうだけどすぐにダメになっちゃうんだよね、困ったな」

もう一度言う。ナビを入れればいいと思います。……声に出しては言わなかったが。

なるほど、水城さんってこんなにいい人だしかっこいいけど、結構抜けてるんだな。デートするのに遅刻や迷子は確かに大分マイナスポイントだ。というか、いろいろ気遣いも出来るし頭もいい人だろうに、なんで頑なにナビを使わないのだろう？　これ、世界の七不思議に入りそう。いや、方向音痴あるあるなのかな。そう考えると、今度は私が笑ってしまう番だった。水城さんは面白い人だ。完璧《かんぺき》すぎる人より、どこか安心してしまうんだけどな。

つい大きな声で笑っていると、前にいる彼は優しく微笑んでいた。それに気づき、慌てて口を閉じる。思えば私、すっぴんじゃないか。

「どうしたの、急に俯《うつむ》いて」

「すっぴんだって思い出しました」

「え？　そっか。どっちも可愛らしいよ」

サラリとそう言ってしまう水城さんに、両手で顔を覆った。恐ろしい、こんな男前のくせに可愛いとか言っちゃえるこの人が。ときめいてしまうじゃないか。罪な人だ！　こっちはそんなに人に褒められることなんてないから、免疫がないんだ。

「あれ？　どうしたの」

「なんでもないです、水城さんは迷子にでもなっててください！」

「え、なんで急に怒られてディスられてるの、僕？」

笑いながらそう言い合っていると、白井さんから布団の準備ができたと声が掛かった。

私たちはそのまま立ち上がり、寝所へ向かった。

四

私と白井さんは早々に布団に入り、水城さんはようやく入浴に向かっていった。そういえば、私達だけお風呂に入ったが彼はまだだったのだ。ちなみに私はゆっくり湯船に浸《つ》かることも出来なかったのだが、まあ仕方ない。

現在時刻はまだ二十一時過ぎ。小学生でもあまり寝ない時刻である。だがしかし、夜とは恐ろしい。暗闇は人の恐怖心を煽《あお》るし、事実、霊たちは夜の方が活動的だ。早く寝てしまい、朝が訪れるのを待つ、それが一番いい方法なのだ。なので、私達はいい大人にも拘《かか》わらずもう布団に潜っている。ちなみに部屋の豆電球は点《つ》けておくことにした。普段は真っ暗にして眠るタイプだが、この家の中でその勇気はない。廊下の照明もすべて点けっぱなしだ。だが豆電球の心もとない微《かす》かな黄色い明かりでは、隅の方までは光が届かない。その暗闇から何かが這《は》い出てくるのでは、と想像してしまう。

敷かれた布団はふかふかで気持ちよかった。私たちが泊まることを想定して干しておいてくれたのだろうか。すっかり打ち解けた白井さんとくだらない雑談を交わしながら就寝の挨拶《あいさつ》をし、目を閉じる。無論、こんな早い時間に寝られるわけもなく、二人ともゴロゴロと寝返りを打つだけだ。時々スマホを眺めたりしながら時間が過ぎる。私の右側にいる白井さんも、まだ寝つけない様子を感じた。早く寝てしまいたい。明日《あした》になって、あの女性の霊が何者か分かればいいんだけどな。

少しした頃だ。遠くから物音が聞こえた。ドンドン、と何かを叩《たた》いているような音だ。それが何度も繰り返し鳴り響く。古くて広いこの家は、何かと音が響きやすい。

私と白井さんは顔を見合わせ、布団の中でお互い固まる。自然と澄まされた耳に、ドンドンという音がやはり聞こえる。

「……音、しますよね？」

私がそう訊《き》くと、白井さんは頷《うなず》いた。その間、またしても音が鳴る。私はゆっくりと体を起こした。

「水城さんかな」

「いえ、多分、台所の方から聞こえたと思うんです」

白井さんは怯《おび》えながらもそう言った。言われてみれば、確かにそっちの方から聞こえてくる気がする。私が立ち上がると、白井さんは慌てた様子で言う。

「行くんですか？」

「このまま、ってわけにもいかないかと……水城さんがそろそろお風呂から上がってくるかもですし、迎えに行きがてらあっちに行ってみませんか」

私の提案に、白井さんが頷いた。そう、正直何もできない女二人では心細いので、水城さんのいる近くまで行きたいというのが本音だ。入れ替われば除霊ができる悠さんもいるのだし、そうなれば随分心強い。

私たちはそっと部屋から出てみた。白井さんは必死に私のパジャマの裾《すそ》を摑《つか》んでいる。私がドキドキしながら廊下に立つと、離れたところからまた音がした。

何かを叩いている音？

足を踏み出すとギシッと床が軋《きし》む。ぼんやりとした明かりで照らされた廊下は、静かで不気味だった。一人じゃないという事だけが、かろうじて自分を保たせた。白井さんがいなければ、怖さで一歩も動けなかっただろう。二人分の足音がやけに大きく響く。耳の錯覚なのか、足音が多い気もしてくる。違う違う、多分、怖さでそう聞こえているだけ。

足を進めるにつれ、叩くような音はどんどん大きくなってくる。やはり白井さんが言っていた通り、台所から聞こえているようだ。そこは明かりを消していたので、薄暗く不気味だった。電気をつけようかとも思ったが、つけると音も消えてしまいそうな気がして、敢《あ》えて止めた。廊下から漏れ入る明かりを頼りに、目を凝らして音の発生源を探してみると、部屋の隅にある裏口が音に合わせて振動していた。誰かが裏口を叩いている？

古い木製の扉が壊れるんじゃないかと心配するくらいの激しさに、私たちは顔を見合わせる。囁《ささや》き声で白井さんに言った。

「こんな時間に、裏口に訪問者なんてありえないですよね？」

「ありえないです。まず裏口に来るっていうのが」

「ですよね。水城さんはまだお風呂《ふろ》か……ううん」

悩んだ。まさか入浴中の水城さんのところに突入して呼び出すわけにはいかない。でももしかしたら、何か情報が手に入るかもしれない。この仕事を始めて以来、怖がってばかりの私、もうちょっと頼りがいのある社員にならなければならないと、心ではずっと思っていた。

目の前の音は鳴りやまず、こちらが反応しない限り続きそうだ。こんな夜の訪問者は、普通の人間でない可能性も高いだろう。裏口の前で、髪の長い女が必死にドアを叩いている様子を想像し、ぶるっと震え上がった。さっき風呂場で見た女性、私たちに何を伝えたいんだろう。あの恐ろしい顔の意味は……。

迷いに迷った挙句、私は近寄ってみることを決意し、白井さんに告げた。

「ちょっと見てきます。ここで待っててください」

白井さんはぎょっとしたように私を見て、小さく首を振る。

「大丈夫です、何か分かるかもしれないし」

そう笑顔を作ってみたけれど、多分ひきつっている。勇気を振り絞って言ってみたはいいものの、すでに後悔の嵐だ。一体何が待ち構えているのか想像もつかない。本当はこのまま震えて水城さんを待っているのが一番平和でいいのかもしれない。でもそれじゃあ、調査は何も進まない。私だってちゃんと仕事をしなければ。

私のパジャマの裾を摑む白井さんの手をそっと外し、そのまま台所の中に足を踏み入れてみる。ひんやりした床は、やけに冷たく感じる。そのまま数歩進んだところでまたドンッと扉が叩かれた。その音は、この周辺まで揺らした気がしてごくりと唾《つば》を飲み込む。足もがくがくと震え、何とか立っているような状態だ。それでも私はついに裏口の扉前まで移動し、声を掛けてみる。

「ど、どうしたんですか？」

そう言った途端、ぴたりと扉を叩く音が止まる。返事は、ない。しんと静寂が流れた。

私はそっと手を伸ばして銀色のドアノブを握ってみる。ほんの少しひねってみたが、それは全く動かなかった。ちゃんと鍵《かぎ》がかかっているのだ。白井さんはしっかり戸締りをしていたらしい。そのままドアノブ中央の横になっていたつまみを縦にした。鍵が開いた音が響く。

ゆっくりとドアノブを動かし押してみると、ついに扉は開いた。たてつけの悪い扉特有の嫌な音が響く。口から心臓が出てきそうだった。とりあえず、ほんの少しだけ開けて外の様子を見てみよう。完全に怖《お》じ気《け》づいた私はそう決意した。

わずかに開けた隙間から外を眺めてみる。裏口から見える景色はほとんど闇だった。

外灯のようなものも何もなく、夜の色だけが目の前に広がっている。そしてぶわっと夏の匂いと生ぬるい空気が私を包んだ。虫の音だけが響いており、普段ならうっとり耳を澄ませるだろうに、今はそれすら不気味に感じられてならない。そのまま目を凝らして闇を見つめていると、ある一点に目がいった。

少し離れたところに、太い木が一本植えてあった。風が葉を揺らして音を奏でる。その大木の後ろに隠れて人がいたのだ。

女だ。

女が顔だけを覗《のぞ》かせ、こちらを見ている。

体は木にすっぽり隠れて見えない。まるで幹から生首が生えたように、頭だけが出ていた。長い黒髪が顔に垂れ、その隙間からこちらを睨《にら》んでいた。その恐ろしい形相につい息が止まる。やっぱり、さっき扉を叩いていたのはこの人なんだ。

風呂場に出てきた女性で間違いない。怖い、でも、話してみたい。迷った挙句、私は足を踏み出して外に出ようと決意する。途端、耳元で声がした。

『来るな』

女の声だった。強い警告に一瞬怯《ひる》むが、ここで引き下がっては何も変わらない。

私は意を決して腕に力を込め、ドアを思いきり押して開けた。ごく普通の木製の扉が、やけに重く感じた。これも女が『来るな』と思っているせいなのだろうか。だが私は屈することなく、勢いよく外に足を踏み出した。

途端、凄《すご》い力で後ろから引っ張られる。そのまま背後に倒れそうになるのを、温かな体温が止めてくれた。何が起きたのか分からないままでいる私の目の前を、上から落下した何かが通る。そしてそれが割れる音が大きく響いた。

何が起きたか分からず、ぽかんとする。音がした方へとゆっくり視線を落とす。自分の足元でバラバラになっているのは、小さな陶器の鉢植えのようだった。土と白色の破片がちらばっている。それで今さっき何が起きたのか、理解した。

鉢植えが上から降ってきた？　私の頭上から？

唖然《あぜん》としつつ、木の陰に目をやると、もう女の首は見えなかった。

「危なかった！」

そう声がして振り返る。私の体を支えてくれていたのは水城さんだった。先ほど腕を引いたのは彼だったようだ。水城さんは無言で急いで扉を閉める。しっかり鍵を掛け、厳しい顔をして私を振り返った。

「一人で危険なことをしては駄目だ！」

その声に驚き、体が跳ねた。ここまで来て、ようやく状況の恐ろしさを思い知った。水城さんが腕を引いてくれなければ、鉢植えは私の頭に直撃していただろう。大怪我をするか、下手すると命も危なかったかも。自覚すると急にがくがくと震えがくる。まさかこんなことになるなんて思っていなかったのだ。

「ご、ごめんなさい」

水城さんは眉間《みけん》に皺《しわ》を寄せたまま、私に言う。

「やる気があるのは結構なことだ。でも、単独行動は危ない。もう少しで頭がカチ割られるところだった」

「すみません、ま、まさかこんなことになるなんて」

震える手を自分で抑えながら謝る。軽率だった、と反省した。引き寄せやすく、かといって祓《はら》う能力もない自分は、もっと警戒すべきだった。水城さんは一度長い息を吐き、頭を掻《か》いた。風呂上りで急いで来てくれたのか、髪が濡《ぬ》れたままだ。

「いや、大きな声を出してごめん。白井さんも、驚きましたよね」

背後に立っていた白井さんを見ると、彼女は私と同様に震えていた。顔は真っ青で、完全に怖がらせてしまった。

「とりあえず、客間に行こう。少し落ち着こう」

水城さんがそう言い、みんなで裏口を離れた。もうドアを叩《たた》く音はしなかった。

客間に入った私たちは、それぞれ水を飲んで落ち着いた。しばらく無言で時間を過ごし、震えも収まったところで、水城さんに何があったのか聞かれた私は詳細を話す。ドアを叩く音が続いていたので、台所に様子を見に行ったこと。裏口の木の陰に女がいて『来るな』と言われたけれど、思い切って外に出ようとしたこと。

ここでも、『一人で動いちゃ駄目だ』と再度叱られてしまった。そこは素直に反省し、謝りつつ水城さんに尋ねた。

「あの霊、これまで攻撃をすることはなかったのに、どうして急にあんなことを。なかなか出て行かない私たちに痺《しび》れを切らしたんでしょうか？」

水城さんは腕を組んで考え込む。どうも釈然としない様子だった。

「分からない。なぜ急にそんな攻撃的になったのか」

「鉢植えを落とすなんて、あんな命に関わるようなこと……」

「やっぱり白井さんにうちに来てもらった方がよかったかな。かといって、下手に今動くのも危険だと思う。今夜は僕は寝ずに警戒しておくから、みんな単独行動はしないようにしよう」

私と白井さんは頷《うなず》く。とにかく、安全を最優先にしなくてはならない。

それにしても分からないことだらけだ。白井さんが引っ越してきてからずっと些細《ささい》な怪奇現象は続いていたが、なぜここにきて急に変化したのだろう。私が何か気に障るようなことをしてしまったのだろうか。

私たちは全員黙り込んだ。だが考えても分かるはずがなく、何も答えらしいものは出ない。水城さんは顔をしかめながら言う。

「相手がなぜこんなにも家から追い出したがっているのか理由も分かっていない。女が誰なのかも分かっていない。悪質な霊なのか判断するのに、分からないことが多すぎる」

「ですよねえ……」

「まあ、まだここに来て一日目だから当然だけど。その割に、藤間さんが引き寄せやすいおかげで、次々と怪奇現象が起こってて面白いくらいだ」

そう小さく水城さんは笑った。一体どんな表情をしていいか分からず困って彼を見ていると、おもむろにテーブルの上に置かれたお菓子に手を伸ばしていた。そこで、あれっ、と違和感を感じた。

しかしそれを確認するより前に、水城さんが口を開いた。

「とりあえず、二人はもう休んだ方がいい。僕は隣の部屋にいるので、何かあれば声を掛けてください。朝を迎えるのに一番てっとり早い方法は睡眠ですから」

水城さんはそう言うと、お菓子を持ったまま立ち上がった。私たちも慌てて後に続く。徹夜させてしまう水城さんには申し訳ないけれど、もっともな意見だ。早く寝て朝を迎えた方がいい。

そして私たちはようやく寝室に戻り、水城さんも襖《ふすま》を隔てた隣の部屋に入る。すぐさま布団に寝転がった私と白井さんは、どちらともなく顔を見合わせた。白井さんは不安を隠すように言う。

「色々あったけど、水城さんって頼りになりますね」

「そうですね」

「藤間さんが外に出ようとしたときに素早く引き留めた姿、かっこよかったです。すみません、私は何もできなくて」

「私が行くって決めたんですから、白井さんは悪くないですよ」

そう言いつつ、あの時私を助けてくれた水城さんの姿を思い出す。紛れもなく命の恩人だ、と再確認する。同時に、これからは決して一人で勝手に行動しないでおこうと心に決めたのだった。


翌朝、目が覚めると、外から光が差し込んでいることにほっとした。夜中に目が覚めてしまったらどうしようと不安に思っていたのだ。結局あの後すぐ寝つけるかどうか心配だったけれど、私も白井さんもいつのまにか眠っていたらしい。隣を見てみると、布団に埋もれて白井さんが寝息を立てていた。彼女にも異変がないことに胸を撫《な》でおろす。起こさないようにそっと布団から出て、足音を立てないよう畳を踏みながら、すぐそばにある襖に近寄った。小声で声を掛けてみる。

「水城さん、おはようございます」

すると、すぐに襖が開いた。本当に寝ずにいてくれたらしい。水城さんは私を見て、目を細めて微笑んだ。

「おはよう、寝られた？」

「はい、おかげさまで。私たちだけぐうぐう寝ちゃってすみません」

「全然いいんだよ。藤間さんばっかり怖い思いをさせちゃったからね」

そう笑う彼の手元には、お煎餅《せんべい》があった。確か昨晩、一緒にここに来たときは違うお菓子を持っていたはずなので、夜食としてまた持ってきたらしい。イケメンが早朝からお煎餅を齧《かじ》っている、なぜかそれすら尊い。水城さんはお煎餅を頬張りつつ言う。

「藤間さんが寝てたからかな、夜中は何も起こらなかったよ。まったく、ことごとく僕がいるときは何も起こらない。まあ、霊に嫌われやすいのは知ってるけどさ」

不満げに口を尖《とが》らせた。私は少しだけ笑う。

「悠さんのことがあるから仕方ないですね」

「藤間さんがいなかったら調査にどれだけ時間がかかることか。ほんとありがたいよ。でもまだ寝てていいよ。朝とはいえ、念のため一人での行動はよくない、白井さんが起きたら二人で身支度を整えればいい」

そう言われてはっと気づく。私、寝起きそのままじゃないか！　顔も洗ってないし寝ぐせも直してない。水城さんの前でこんな恰好《かっこう》だなんて。なけなしの女心が働き、慌てて顔を背け、手櫛《てぐし》で髪を押さえる。私の意図に気づいたのか、彼は優しく笑った。

「大丈夫、全然寝ぐせもついてないし、気にしなくても」

そんな言葉が罪深い。私は気づかれないようにため息をついた。この人、女の子を勘違いさせる天才だと思う。

とりあえず布団だけでも片付けようかと立ち上がると、白井さんが目を覚ました。彼女はむくっと体を起こし、こちらに気が付くと、慌てたように布団から出た。髪が乱れていたけれど、それが逆にどこか色っぽくて羨《うらや》ましい。

「おはようございます、すっかり寝坊してしまってすみません」

「いえ、私も今起きたところなんです！」

「いつの間にか寝てたんですね」

私たち二人ともが起きたことを確認した水城さんは、持っていたお煎餅を全部食べ終えると、立ち上がる。

「おはようございます。夜間は特に怪しいことはありませんでした。身支度を整えたあと、色々見て回りたいところがあるんですが、付き合ってもらえますか」

「色々ってどこですか？」

「夜考えていたんだ。藤間さんの頭上に落ちてきた鉢植え、あれって二階から落とされた、ってことになるよね。ちょっとその辺とか見てみたくて。それに南野さんからの連絡もそろそろ来るかな」

まるで徹夜明けとは思えないほど、てきぱきと彼は言った。私たちは頷き、すぐさま動き出す。着替えや歯磨きなどを手早く終わらせ、水城さんのもとへ戻ると、彼はまず、再度私に昨晩の細かい状況説明を求めた。一つずつ質問に答えていくと、それを聞いた水城さんは何か考えるようにしながら、時々、不思議そうに首をひねった。だが何を言うわけでもなく話は終わり、次にみんなで二階に上がって、裏口のすぐ上にあたる部屋へと入ってみる。

例の鏡があった部屋ではなく、その隣だった。こちらも物置として使われているようだ。中に入ってみると、やはり色々なものが雑多に置かれている。だが、鏡の部屋よりは少なく、すっきりしているイメージだった。更にその奥には窓があり、そこを開ければ、真下が裏口、というわけだ。水城さんは窓を開けようとして一度手を止める。そしてそのままじっと外を見つめたあと振り返り、白井さんに尋ねる。

「鉢植えって、元々どこにあったかご存じですか？」

「それなんですが、庭には沢山あるんですが、部屋の中では見たことないんです」

「なるほど……うん、なるほどね」

彼は一人でなにやら納得している。私と白井さんはまるでわからず、首を傾げるばかりだ。でも、懸命に考えを巡らせているであろう水城さんを邪魔するのもと思い、黙っている。

しばらくしたあと、ようやく彼が顔を上げて口を開く。

「見れば簡単なことなんだけど、これって」

そう言いかけたとき、電話の着信音が響いた。反応したのは水城さんだ。ポケットからスマホを取り出し画面を見ると、わずかに口角を上げた。

「南野さんだ」

そう言うと電話に出た。電話口からは微《かす》かに南野さんの話し声が漏れている。でも内容まで聞こえるわけもなく、私たちは電話が終わるのを待つしかなかった。水城さんの表情を見るに、どうやら願っていた情報が手に入ったらしい。どこか嬉《うれ》しそうに、そしてやっぱりという確信を得た顔をしている。

うずうずしながら電話が終わるのを待つ。通話は数分で終わり、電話を切った水城さんは、ひとり頷《うなず》きながらポケットにスマホをしまった。

「なるほど、分かったよ」

「え⁉　わ、分かったって何が」

「ちょっと隣の部屋に来てもらえますか」

そう言うと水城さんはすぐ隣の部屋に向かい、慌ててその背中を追う。例の鏡がある物置部屋だった。私はなるべく鏡には近づかないようにしながら中に入る。物が多いためか、隣と比べて随分暗く感じた。白井さんはそれを見回しながら言う。

「まだこの物置は細かい部分まで見られてないんですよね。色々ありそうなんですが」

そうどこか楽しそうに言う彼女を横目に、水城さんが私の隣にやってきて耳打ちした。

「今回、悠の除霊の出番はなさそう」

耳元で囁《ささや》かれたイケメンの声にドキッとしたのは内緒だ。平然を装って言った。

「……え？　それって、浄霊の部屋を使うってことですか？　あんな攻撃的な霊なのに、悪い人じゃなかったんですね？」

「そう。だから悠は除霊はしなくていい。ま、彼に他に頼みたい事はあるけど」

なんと。じゃあ、あの女の人を浄霊の部屋に呼ぶということか。今まで部屋に案内したのはいずれも穏やかな人たちだったので、あんな怖い霊が部屋に入る姿が想像出来ない。

「あれ、説得できますかね……？」

「きっと大丈夫。その女の人の大事なものをこちらも大事にすればいい」

「はあ？　どういう意味ですか？」

全然話についていけない私を置いて、水城さんが部屋の中を歩き出す。中央まで来たところで、彼は白井さんに言った。

「南野さんが、園田さんのことを知る親戚《しんせき》に話を聞いてくれたんです」

「ええ、何かわかりましたか？」

「とても大事なことが」

そう言った水城さんは、物置のどこか一点を見つめる。私たちもそちらに視線を動かすと、女の子向けの変身グッズが置いてあるところだった。私はあっと声を出して白井さんに言う。

「ほら、あれですよ、私が言ってたおもちゃ！　白井さんのお母さんが小さい頃使ってたんじゃないですか？　思い出の品で、園田さんも捨てられなかったのかも」

「わ、ほんとだ。あんなところにおもちゃがあるなんて気づかなかった」

そう顔を綻《ほころ》ばせて喜ぶ白井さんに、水城さんが言った。

「それ、白井さんのお母様のものじゃないですよ」

その発言に驚き、目を丸くする。水城さんはじっとおもちゃを見つめながら言う。

「昨晩、一人で鏡の様子を見に来た時、あれに気づいたんです。僕もはじめ、藤間さんが言うように白井さんのお母様が幼い頃に使っていたものかと思いました。でも、それにしては状態がいいと思いませんか？」

「あ、それは確かに」

「それに何より、白井さんのお母様が子供の頃、となれば、ざっと推測しても五十年ほど前になる。あのキャラクターはそんなに昔からはありません」

指摘にはっとした。そうだ、あの有名な女の子のキャラクターは、私が子供の頃にテレビ放送されていて、当時少女たちから絶大な人気を誇り、今でもグッズが販売されているものだ。三十代後半ぐらいの白井さんのお母様が子供の頃なんて、まだ生みだされていない。

なぜ気づかなかったのだろう、と自分にげんなりした。ちょっと考えればわかることじゃないか。

私は水城さんに尋ねる。

「じゃ、あのおもちゃは何ですか？」

「簡単な答えだよ。ここには、少し前まで子供がいたんだ」

ぽかんとする。白井さんも同じようだった。水城さんはさらに続ける。

「昨日、道子さんって人が来て一人で色々話していたでしょう。その時の言葉が気になっていたんだ。『私達がずっとあの偏屈ばあさんの面倒を見てきたんですけど。まあしょうがないですね、あのばあさんはいっつも、無関係の人間に肩入れするんだから！』って」

随分記憶力のいいことだ、と私は感心するのが先だった。そういえば、そんなことを言っていた。道子さんのキャラの濃さが印象的すぎて、内容はちゃんと覚えていなかったのだ。そっか、昨日も水城さん、道子さんのことを気にしていたようだったがこのことだったのか。私は今しがた水城さんに言われたセリフを聞いて、気が付く。

「いつも無関係の人間に肩入れする……？」

水城さんはその通り、とばかりに私を指さした。

「そう、それだ。白井さんに遺産を残したことに対する文句なわけだけど、その言い方からすると、白井さん以外にも肩入れしていた人間がいたようだ。ま、白井さんは血の繋《つな》がった孫なんだから、無関係の人間じゃないんだけどね」

「ほかに園田さんには大事な人がいたってことですか」

「それを聞いてみたくて南野さんにお願いしたんだ。そしたら、知っている人がいたんだよ。園田さん、結構前だけど、一人お手伝いさんを雇っていたようなんだ。それも住み込みで。確かに、足が悪いのに施設に入る前はどう生活していたのか不思議だったんだよね。屋敷は広いし、二階へ上る階段は急だしさ。お金があるからヘルパーさんでも入れてたのかと思ってたけど」

「お手伝いさんがこの家にいたんですか！」

なるほど、確かにこんなに広いのに、高齢で、それも足を悪くしていた人が一人で暮らすのは酷なものがあると、私も疑問に思っていたのだ。園田さんを手伝っていた人がいたとなれば納得がいく。だが白井さんは不思議そうに言った。

「祖母は偏屈な人だ、って聞いていましたが……親戚などは遠ざけながら、よく赤の他人を家に入れましたね」

「そこなんですがね。住んでいたのは一人じゃないんです」

そこまで聞いて、あっと声を漏らした。もしかして！

私の顔を見て、水城さんも肯定するように頷いて言う。

「そのお手伝いさんには子供がいた。女の子が一人、ね」

自然とおもちゃに視線が向いた。つまり、あのおもちゃはその子が使っていたものなのか。だからあれは比較的新しい状態だった。もしかして、物置をもっと調べたらほかにも色々出てくるのかもしれない。疑問が一つずつ解決していく。

「お手伝いさん……名前は澄江《すみえ》さんって言うらしいんですが。詳しい事情は分かってないけど、澄江さんは子供と二人で暮らしていた。その子供っていうのが、どこか白井さんのお母さんに似てる子だったみたいです。園田さんは何らかの形で二人と出会って気にかけて、ここに住むことを許可していた」

次々と明らかになる事実に、私は思わず唸《うな》った。なるほど、それで道子さんのあのセリフか。それまで一人で暮らしてきたのに、急に赤の他人を住まわせ始めた。まあ、道子さんたちはお金目当てなのが分かりやすいから、園田さんが遠ざけた理由も分かるのだけど。それでも赤の他人と生活を共にしていたのは驚きだ。

すると水城さんがおもちゃに手を伸ばし、それを取った。やはりまだ新しく状態のいい変身グッズを、どこか不思議な目の色で見つめる。そんな彼の表情を見て、私は悟った。彼の言葉の続きは、きっと悲しいものに違いない、と。

「けれど、その子は、ある日街に出た時、上から落ちてきたものが直撃し、亡くなった。反射的に庇《かば》おうとした澄江さんも一緒に。その日は誕生日だったその子のために、ケーキを買いに行く途中だったそうだ」

残酷な言葉を聞いて、息が止まった。覚悟していたけれど、それは思っていたよりずっと悲しい結末だった。

自分の子を守ろうとして共に亡くなってしまった澄江さん……母としてその行為は、きっと咄嗟《とっさ》に出てしまったごく普通のことなのだろう。でも、子供がいない私にはよく分からない。自分の危険を考えずに飛び出してしまうほど、大切な存在なんて、知らないからだ。でもせめてどちらかだけでも助かっていれば。

複雑な思いで胸が一杯になる。同時に、二人が落下物によって亡くなった、という点が気になった。私は水城さんに尋ねようとしたが、それより先に白井さんが悲痛な声を上げた。

「そんな……それで、祖母は？」

「身寄りのない二人のために、小さな葬儀を出してあげたらしい。おばあさま、優しいですね。でも、血の繋がりはないとはいえ、大変ショックだったでしょうね。そこから一気に元気がなくなり、足の具合も悪化してしまったとか。それでもしばらくは一人で頑張って暮らしていたのですが、結局施設に入ることになったそうです。さあ、これで大体のカードは揃った。藤間さんも、もう分かるよね？」

「ここにいるのは、その女の子と澄江さんの霊、っていうことですか？」

「ご名答」

「それを園田さんも知っていたんですね。だから、住まなくてもいいから、この家を壊さないでほしい。そう遺言に残していた」

つまりはこうだ。二階から足音がする、お菓子がなくなる、お茶が移動する。どれも害のないことで、水城さんはいたずらレベルだ、と言っていたけど、まさにいたずらだったのだ。正体は女の子の霊だったんだろう。逆に、その子供を守ろうとしていたのが澄江さん。見知らぬ私たちが家に入ってきたことに警戒し、腹を立てた。だから娘を守りたくて、追い出そうと必死になっていたのだ。澄江さんと娘さん、二人で暮らしていたつもりなのに、部外者が入り込む。そりゃ敵意を持つのも当たり前だ。随分起こる現象のレベルに落差があるなと不思議に思っていたが、まさか霊は二人いたとは。

「じゃあ、澄江さんは怖い相手じゃないんですね。子供を守ろうとしてただけ……まあ、頭上から鉢植えはやりすぎですけど」

「ああ、あれは澄江さんじゃないよ」

「一歩間違えれば死んで……え⁉」

つい、声が大きくなってしまった。澄江さんじゃない？　そんな馬鹿な。私は慌てて水城さんに言う。

「でも私は見たんですよ、裏口の前にある木に隠れて、澄江さんがいたんです！　こっちを睨《にら》んで、来るなって」

「ほら、来るなって言っていたのなら、藤間さんを守ろうとしたんじゃない？　よく考えると、ドアを叩《たた》いて呼んだくせに、『来るな』は矛盾してるでしょう？」

なんと、言われてみれば確かにそうだ。呼んでおいて来るな、は変だ。私は落ち着いてもう一度昨晩のことを思い出してみる。

台所から澄江さんの姿を確認したあと、来るなという警告を無視して外に出ようとした。てっきり怒って攻撃してきたのだと思っていたが、危険が迫っているから来るなと言っていたのか。じゃあ、彼女は私を助けようとしてくれたということ？　ということはあのドアを叩く音は、彼女じゃなかったのか。新たな事実に、私は唖然《あぜん》として言う。

「てっきり澄江さんがやったのだとばかり……だって澄江さんたちが亡くなったのも、上から物が落ちてきたからでしょう？　偶然とは思えなくて」

「確かに彼女たちも上からの落下物で亡くなった。でも今回は、藤間さんを同じ目に遭わせようとしたわけじゃない。自分たちと同じ目に遭いそうだから助けたかったんだ。

霊たちは、自分の死因に敏感だからね」

予想外すぎる答えだった。見ず知らずの私を、助けてくれたのか。自分たちがそれで亡くなり苦しんだからこそ……。それって、優しさ以外の何物でもないではないか。そんな人を私は怖がり、悪霊呼ばわりしようとしていたなんて。あまりに申し訳なくて、胸が締め付けられた。自分の早とちりで単純な性格を心の底から恨んだ。

そこで、ずっと黙っていた白井さんが水城さんに問いかけた。

「じゃあ、あれは何だったんですか？　二階から急に鉢植えが降ってくるなんてありえないですよ」

「そこの窓の外を見れば結構簡単な答えですよ。二人とも見てみて」

私と白井さんは顔を見合わせながらも素直に従い、窓に近寄る。

隣の部屋の真下が、裏口だったはずだ。窓を開けて、外を覗《のぞ》き込んでみた。隣の部屋がある右側を観察してみると、すぐに分かった。

「あっ、雨よけ」

白井さんが呟《つぶや》いた。

部屋のすぐ下は裏口だ。それは間違いないのだが、裏口の扉の上には雨よけがあったのだ。あまり大きなものではないが、これでは、二階から落とそうと思っても雨よけにぶつかってしまい、地面に落下しない。さらにその雨よけをじっと見てみると、かすかに茶色いものが付着しているのが分かった。

あれは土だ。

口を開けたまま振り返ると、水城さんが意味深に笑った。

「ね？　バレバレな仕掛けだ、考えなくてもわかる」

私は信じられない真実にややパニックになりながら言った。

「つまりあの鉢植えは雨よけの屋根の上に置いてあった、ってことですか。そんなところに普通ありませんよね、まさか！」

「昨晩の流れを簡単にまとめるとこうだったね。扉を叩く音がして、藤間さんが外に向かって声を掛ける。その後少しだけ開けて外を見た後、扉を全開にする。それとほぼ同時に鉢植えが落下する。これ、生きてる人間の仕業だよ。扉を叩いたあと、人の気配を感じ取ったらさっさと隠れればいいってだけの話」

「じゃ、雨よけの上に人がいたってことですか⁉」

「うーん、人ひとりの体重に耐えられるのか分からないよね。かなり小さいし。もしかして、裏口の扉と鉢植えが糸か何かで繋《つな》がってたんじゃない？　その二つが繋がってると、扉が動いたときに、鉢植えも引っ張られて落下する、という仕組みだ。藤間さん、扉を開ける時にちょっと抵抗を感じたって言ってたでしょ。それ、鉢植えの重みのせいじゃない？」

「そ、そんなことだったんですか⁉　簡単すぎる仕組み！」

聞いてしまえば誰でも思いつくような仕掛けで、脱力しそうなほど単純だった。霊障と思い込んでいたけれど、人為的なものだったとは。

けれど、水城さんは目を据わらせて言った。

「仕掛けは簡単だ。でも、やってることはとんでもないことだよ。もう少しで藤間さんに当たるところだった。まあ、でもそこは相手も予想外だったろうね。普通、裏口を叩いて出てくるのが客人だとは思わない。だから本当は白井さんを狙ったんだろうけど」

隣にいる白井さんを見ると、彼女も気づいていたようで、顔を青くしている。水城さんは凛《りん》とした顔で言った。

「白井さんを狙った大変悪質な仕業です。これは警察にしっかり相談しましょう。ですが……僕はもう少し気になる点がある。確かめてみたいことがあるので、通報は待っていただけますか」

彼が何を考えているのかは分からなかったが、その真剣な面持ちを見ては、白井さんも私も頷《うなず》くしか出来なかった。考え込むようにじっと一点を見つめている水城さんからは、静かな怒りを感じる。

私はそんな彼を見ながら、澄江さんの事を考え、ぐっと拳《こぶし》を握りしめた。私なんて全く関係ない人間で、むしろ敵だと思っているだろうに、危険を教えてくれようとしたんだ。なのにそれを澄江さんのせいだと思い込んでいたなんて……私に出来るお詫《わ》びは、彼女たちを安らかに眠らせてあげることだけだ。

私は固く決意し、水城さんに尋ねた。

「鉢植えの件は警察に任せるとして、肝心の澄江さんたちはどう説得しますか？　水城さんがいるときはなかなか出てきてくれないですし」

そう、今まで澄江さんが現れたのはいつも水城さんがいない時。彼が霊に嫌われるというのは本当みたいだ。だがそれに関しては、水城さんは困った様子もなくにこりと笑った。

「大丈夫。誠意をもって接すれば、応《こた》えてくれる。僕は今までそうやってきた」

そう言った彼は、スマホを取り出した。

五

その後の水城さんの動きは早かった。彼はまず私達を車に乗せて家を離れた。そのまま街に出て、目当てのものを購入するとすぐさま家に戻った。その時すでに時刻は昼過ぎになっていた。

玄関を入り、最後になった白井さんが戸を閉めたとき、水城さんは言った。

「すみませんが白井さん、鍵《かぎ》は開けておいてもらえますか」

「あ、はい、分かりました」

「さて、藤間さん。場所はどこにしようか……客間でいいか」

私は頷き、先に客間に走った。中に入ってみると、白井さんが用意してくれた差し入れの山の残りがまだそこにあったので、そこからお菓子をいくつか選んで残し、他は片付けた。テーブルの上をすっきりさせ、その中央に買ってきた箱を置く。

「私、二階からおもちゃを取ってきます」

白井さんはあの変身グッズのおもちゃを取りに行き、大事に抱えながらそれをテーブルの脇に置いた。水城さんは丁寧な手つきで、目の前に置かれた箱から中身を取り出すと、思い出したように言った。

「あ、火をつけなきゃ。ライターとかあるかな」

白井さんが答える。

「持ってきます」

そうバタバタと廊下を走っていく。私は視界に入った苺《いちご》を見て微笑んだ。白い生クリームに、柔らかそうなスポンジ。やっぱりバースデーケーキと言ったら、これじゃない？

水城さんは細い蠟燭《ろうそく》を取り出す。それを手にしながら、どう刺そうか迷っているようだった。

「こういうのってバランスが重要だよね」

「あは、そんな深く考えなくても！　楽しくやればいいんですよ」

「よし、ここと、ここと」

ケーキの真ん中に置かれた、『おたんじょうびおめでとう』のプレートが微笑ましい。

無事蠟燭の準備を終えると、私は部屋の電気を消した。とはいえ、まだ昼間なので十分明るく、障子から日差しが入り込んでくる。その時白井さんが戻ってきて、ライターを水城さんに手渡した。彼はそれで蠟燭に火をつけていく。

ぼんやりとした赤色が揺れる。暗闇というわけでもないのに、その存在感は大きい。立てた蠟燭全てに火をつけ終えると、私達はケーキを囲んで座った。

「澄江さんの子、来てくれますかね」

私が呟《つぶや》くと、水城さんはじっと火を見つめながら答えた。火の影が彼の顔に揺れている。

「子供にとって、誕生日会は特別なものだよ。丸いケーキは憧《あこが》れだ。生前出来なかった誕生パーティーを今やろう。きっと喜ぶ」

私は頷き、ケーキを見つめた。素敵な考えだ、と心の底から思う。叶《かな》えられなかった誕生日会、それを今、行う。きっと心残りだったはずだから。

溶けた蠟燭の蠟が垂れていく。それを三人で見つめながら、おいで、と何度も心で呼んだ。怖いことはない、私達は敵じゃない。皆で出来なかった誕生日会をしよう。もう歳をとれなくなってしまった君を、祝いたい。

しばらくそのままで時が経った。蠟燭はどんどん燃え、溶けていく。来ないのかな、と不安がよぎった時、ふと何かが動くのを感じた。顔を上げると、障子の前を何かが横切ったように、日差しが一瞬遮られた。それをじっと見つめる。水城さんも、白井さんも同じように見ていた。

ふわりと、かすかに風が頬を撫《な》でた。

今まで感じなかった気配を背中に覚える。はっとして振り返ろうとしたとき、目の前に座っている水城さんが視線で止めた。人差し指を立て、口の前に寄せる。静かに、と言っているようだ。私はそれに従い、振り返るのをやめた。見えないけれど、でも背中に感じる温かい存在は、誰なのか想像がつく。

小さな足音が耳に届いた。畳を歩く素足の音だ。ペタ、ペタと恐る恐る近づいてくる存在に、自然と私の頬は緩んだ。

『それ』がテーブルに近づき、覗《のぞ》き込む。視界の端にその様子が映り込んだ。自分の右側に、顔は見えないが小さな頭がある。髪はツインテールにした黒髪で、可愛らしい花がついたゴムで結ばれていた。わくわくしている様子が、こちらにも伝わってくる。

私はゆっくりと目を閉じた。

短い命を終えなければならなかった少女のことを考えると胸が痛む。怖かっただろうし痛かっただろう。でも、この子を守ろうと最後までお母さんが側にいたことだけは、きっと救いだっただろうなと思える。自分の事を命をかけて守ろうとしてくれるというのは、何よりも深い愛だからだ。

「君が吹き消していいんだよ」

水城さんが柔らかな声でいった。私ですらうっとりしてしまいそうな優しい声だ。それを聞いて、少女がさらに胸を躍らせているのが分かった。私は目の前のケーキだけを見つめる。次の瞬間、息が吹きかけられたのだろうか。火が揺れる。

さらにもう一度、火が揺れる。一本だけ、消えた。

頑張れ、あともう少しだと心の中で必死に応援した。私の声が届いたように、その次には残りの火が全て消された。部屋が明かりを失い、ふっと少しだけ暗くなる。蠟燭の火を吹き消したことで、少女が笑った。部屋に子供の声が響き渡る。楽しそうで、幸せそうな笑い声だ。聞いているこちらまで笑ってしまいそうな、そんな声。

すると、水城さんが突然声を上げた。

「澄江さん、あなたもどうぞ」

はっとする。障子の向こうに、いつのまにか大きな影ができていたのだ。それはこちらをじっと見つめるように微動だにしなかった。少し離れたところで、娘を見守っていたのだろうか。水城さんは続ける。

「僕たちはあなた方に危害を及ぼしたりしません。澄江さんたちに、もっといい居場所があるとお教えしたかっただけなんです。突然来て驚かせてすみませんでした」

影は動かない。ぴくりともしないまま、じっと私たちを見ている気配がする。水城さんは凜とした声でなお続けた。

「ここは元々あなた方が住んでいた家。思い出深くて、ずっと住んでいくつもりだったのでしょう。ですが、家は朽ちていくもの。それに、あなたたちもこの世をずっと彷徨《さまよ》っていてはよくない。安らかに眠る必要があるんです。勿論《もちろん》、娘さんも一緒に」

それでも澄江さんは動かなかった。障子に遮られて顔が見えないので、今一体どんな表情をしているのか想像もつかない。怒っているのだろうか、喜んでいるだろうか、それとも――？

誰も口を開かないまま時間が経つ。何も動きがないのを見て、水城さんはさらに続けた。

「僕と、藤間さんが管理する、ある部屋に来てもらいたい。そこの居心地は保証します。娘さんと穏やかに暮らせるでしょう。澄江さん、あなたたちは突然亡くなり、この世で彷徨ってしまうことになってしまいましたが、園田さんはそのことに気づいていたんです。だからこの家を壊さないように遺言まで残していた。でも、その園田さんも亡くなり、この家は孫である白井さんの所有物になったのです」

孫、という単語が出たとき、突然影がピクリと動いた。その顔がゆっくり動き、白井さんの方を向く。白井さんは少し怯《おび》えたような顔になったが、気を取り直したように背筋を伸ばした。

そして障子の向こうから、かすれた声が確かに聞こえてきた。

『孫……？』

初めての反応だ。水城さんの表情が変わる。

「そうです。園田さんのお孫さんです。今この家に住んでいて、家を美しく手入れし、一人で必死に守ろうとしてくれた人です」

影がじっと白井さんを見ている。顔は見えないが、それが驚いた表情をしている気配は伝わってきた。

途端、目の前がぐるりと回り、眩暈《めまい》のような感覚がした。浮遊感を覚えながら頭を抱えると、景色が一気に変化した。これは経験がある。最初に水城さんたちと調査に行った山でも起こった現象——過去の光景の再現だ。

見えたのは普通の大通りだった。車が多く行き交う道路脇に、一人の女性と女の子が佇《たたず》んでいる。外は暗い時間で、車もみんなヘッドライトをつけていた。そんな場所で、澄江さんは呆然《ぼうぜん》と立っていた。隣の女の子は夢中でアイスを食べている。コンビニかどこかで買ってもらったものだろうか。二人の傍らには小ぶりのボストンバッグがあった。

だがそれより気になったのは、澄江さんの髪がひどく乱れ、頬が腫《は》れ上がっていたことだ。子供の手だけはしっかり握っているものの、その他は微動だにせず、魂が抜けたかのようだった。

どう見ても異様な光景なのに、誰も気に留める様子はない。車はどんどん走り過ぎていき、時々通りかかる歩行者も見て見ぬふりをしている。このまま車の前に身投げでもしてしまいそうだ、と焦る。けれどそのとき、澄江さんの背後に誰かが立った。

「こんな時間に子供連れで何をしてるんかね」

しゃがれた声だった。澄江さんが振り返る。白髪のおばあさんが杖《つえ》をついて立っていた。園田さんだろう。深い皺《しわ》が年齢を感じさせ、特に眉間《みけん》に刻まれた皺は、気難しい性格を想像させた。背中はやや曲がり、しかしどこか気品を感じさせる恰好《かっこう》をしている。

「あんたは知らんが、子供はなんとかせにゃならん」

淡々と園田さんは言う。澄江さんは戸惑ったように視線を泳がせたが、園田さんはゆっくりした歩調で二人に近づくと、澄江さんのそばにあった荷物を無言で奪い取った。

「あ！」

「どうせ金もなく家を飛び出してきたんやろ。部屋は余っとる、うちに来ればいい。言っとくがあんたのためじゃない、こんな遅くにまで連れまわされている子供が不憫《ふびん》だからな」

冷たい声で園田さんは言うと、そのまま歩き出す。それを澄江さんが慌てて追った。

「あの！」

「そんな思いつめた顔をして。子供は親の姿を見てるぞ」

「……でも、見ず知らずの方のお世話になるわけには」

「そんな綺麗《きれい》事、言ってるときかね。別にいいんだよ、私が勝手に世話を焼きたくなっただけだ」

そう言った園田さんは、アイスを食べている少女を見た。そして、ふ、と表情を和らげる。

「……その子が、うちを出て行った娘によく似てるから、つい声を掛けてしまった」

「娘さん？」

「貧乏な男と駆け落ちしたバカ娘だよ。会ったことはないが、孫まで産んでね。その娘が小さなころに、その子はそっくりだ」

そう言った園田さんは、優しく女の子に笑いかけた。少女は恥ずかしいのか、少し俯《うつむ》いて母親の陰に隠れる。迷った挙句、澄江さんは園田さんに付いていった。足の悪い園田さんの歩調に合わせ、少しだけゆっくりと並んで歩いていく。

「暴力振るわれただあ？　そんな男のそばにいたらいけん、子供まで被害に遭う！」

「はい、それで飛び出してきたんですが、私は施設育ちなので、他に頼れる家族もいなくて。結婚するときに仕事も辞めさせられていましたし」

「馬鹿な子だね、変な男に引っ掛かって。でも悔やんでも仕方ないよ、その男相手じゃないと娘には出会えなかったんだからね。しょうがない、ちょうど家政婦を探していたんだ、あんたに住み込みでやってもらおうか」

「え⁉　ま、待ってください、私はもちろんありがたいですが、大丈夫ですか。こんな素性も分からない相手を簡単に家に招いて」

「この家は無駄にでかいが、金目のものは何もないしね。言ったが、あんたのためじゃなくて子供のためだよ」

「あ、ありがとうございます……！」

「和世さん、何を見てらっしゃるんですか？」

「ああ、ちょっと探偵にお願いしてることをね。むかーし出て行った娘のこと。どこで何してるのか、年に一回ぐらい調べてるんだわ」

「あ、それでお孫さんが生まれたことを……」

「一度も会ったことないし、写真一枚貰《もら》ってないけどね。でも、えらい美人に育ってるよ」

「あの、娘さんに連絡を取ってみたらどうでしょうか。もう今はあちらも」

「いいんだよ。あの時、娘の結婚に反対した私が悪いんだ。許してもらおうなんて都合がいい。こうして時々どんな様子か見れるだけでいいんだよ」


「ねえ、なんでこんな部外者を家に入れてんのよ！　私が一緒に暮らすって言ってんでしょ！」

「道子、お前は金を自由にしたいだけやろ。散々小遣いはやってきたんだ、いい加減おとなしくなり」

「あの女に騙《だま》されてるのよ、子供使って同情引いて！　金目当てでここに入り込んだんだわ、とんだ性悪女よ！」

「いい加減にしなさい。あの二人はそんなんじゃない。いや、それでもいい。別に騙されててもいいんだよ。それ以上言うとこれまでに貸した金、今すぐ返してもらうよ」

「……後で泣いても知らないよ！」


「おばあちゃーん！　プレゼント、ありがとう！」

「おやおや、喜んだか？　何がいいか分からないから、おもちゃ屋の店員に聞いてそのまま買っただけなんだ」

「見て！　変身、マジカルキラリーン！」

「詳しくは知らんがよく練習してるね」

「可愛いでしょう、ありがとう」

「和世さん、娘にプレゼントまでありがとうございます……！　あの、この後少し留守にしてよろしいでしょうか？　美味《おい》しいケーキ屋でケーキを買ってこようかと」

「そら勿論《もちろん》いいが、あんたこの辺の店分かるんかね」

「大丈夫です、知り合いの方が教えてくれるというので！　娘と二人で行ってきますので、和世さんは待っていてくださいね。皆でケーキ食べましょう」

嵐のように次から次へと様々な場面が流れてきて、目が回りそうだった。映画を早送りで見ているような、そんな感覚に酔った。生前の三人の生活が、あざやかに蘇《よみがえ》ってくる。まだこの家も綺麗で、手入れが行き届いている頃だ。部屋には温かな日が差し込み、まるで本当の家族のように笑い合う三人が、微笑ましい。献身的に園田さんの世話をする澄江さん。母娘の生活を守ろうと決意している、この家の主《あるじ》である園田さん。そんな二人が大好きでたまらない小さな女の子。彼女らの生活は、幸せそのもののようだった。

だが次に現れた光景は、物悲しいものだった。

畳が敷かれた一室に、小さな園田さんの背中がある。部屋は先ほどまで見てきた映像とは違い、少し散らかっていた。ひっくり返ったゴミ箱、花瓶に生けられたままの枯れた花、埃《ほこり》と髪の毛で汚れた畳。元々曲がっていた背中はさらに丸くなり、身に纏《まと》っていた気品も消えた園田さんの手には、あの女の子にプレゼントしたおもちゃが握られていた。離れた場所には、もう必要ないとばかりに放り投げられた杖がある。園田さんはげっそりとし、顔色も悪くなっていた。髪は乱れ、目には生気がない。肩を落とし、ただおもちゃを愛《いと》おしそうにさすっていた。

「また、家族がいなくなってしまった……」

ぽつりと、そう掠《かす》れた声が聞こえた。

一人きりだった生活に差し込んだ明るい光を、失くしてしまった。血の繋《つな》がりはなくとも、心は通い合った家族がいなくなり、また一人になってしまったのだ。彼女の小さな目から涙がこぼれ、床を濡《ぬ》らした。

「もうこんな老いぼれ、生きてててもしょうがないね……代わりに私が行ってあげられればよかったのに」

絶望の色を宿した瞳《ひとみ》には、あの日少女が嬉《うれ》しそうに身に着けていたおもちゃが映っている。何度も何度も涙をこぼし、嗚咽《おえつ》が部屋に響いた。

だがその時、二階からパタパタと足音が聞こえた。はっと園田さんが顔を上げる。足音はしばらく続いた。楽しそうな、リズミカルな音だ。それはかつて、あの女の子が園田さんに見せた変身ごっこのシーンに似ていた。

園田さんはわなわなと唇を震わせる。まさか、という顔だ。しかし次に、障子の向こうから控えめな足音も聞こえてきた。掃除をしているかのような、穏やかな動きの音だ。ピクリとも動けない園田さんの代わりに、音は動き続けた。家中を移動し、生活しているかのように響いている。

二つの音が園田さんを囲む。彼女は交互に音のする方を眺め、強くおもちゃを握った。何度も頷《うなず》き、自分に言い聞かせるようにつぶやく。

「ボケたんかね、私もついに。それならそれでいい」

曲がっていた背中をぐっと伸ばし、顔を上げる。皺《しわ》が刻まれた頬には、涙がびっしょりついていた。

「大丈夫。私が死んでもこの家だけは守る。あんたたちが二人、幸せに暮らしていけるように。ここはあんたたちの家だよ。ずっと住み続けていいんだ」

園田さんの決意の声は、震えていた。

意識がはっきりしたとき、すぐに見えたのはケーキの苺《いちご》だった。その向こうに、悲しげに視線を落とす水城さんがいる。その表情を見て、ああ彼も同じ光景が見えたのかもしれない、と思った。この家で起こったことを。一つの小さな家族の記憶を。

障子の方に目をやると、そこに佇《たたず》んでいた澄江さんの影はいなくなっていた。心細い明かりが差し込むだけだ。だがその代わりに背中から気配を感じ、私はようやく振り返ってみた。

そこには若い女性が立っていた。長い髪が垂れ、俯《うつむ》いた顔を隠している。だが顔が見えなくとも、彼女がまだ心に迷いを持っていることが伝わってきた。やはり、園田さんと過ごしたこの家に未練があるのだろうか。その気持ちも十分に分かる。慣れ親しみ、幸せな思い出が詰まった家の方がいいに決まっているから。そう思い、水城さんの方を見ると、予想外に厳しい顔をしていたので驚く。眉《まゆ》を顰《ひそ》め、どこか睨《にら》むような顔をしていたのだ。そして、声さえもどこか低くして言う。

「澄江さん、悪いけどあなたを利用させてもらって、一つ確かめたいことがあったんです。もし真実が分かれば、あなたの心残りをさらに……」

そう話しかけた時だった。突如、家中に大きな叫び声が響き渡った。耳をつんざくような甲高い声が、私のすぐそばから聞こえてきた。驚きで飛び上がりながらそちらを見てみると、いつの間にか開いていた障子の奥にある廊下で、道子さんが腰を抜かしたようにへたり込んでいた。突然現れた道子さんの存在と、彼女のあまりの絶叫ぶりに、私はただ唖然《あぜん》とするしかなかった。一体なぜここに道子さんが？

さらに道子さんは叫びながら、こう言ったのだ。

「ななな何であんたとガキがいる！　どうして、おかしいでしょ。死んだのに、確かに上手《うま》くあの手すりがぶつかって死んだはずなのに！」

澄江さんたちを真っすぐ指差して叫んだ彼女の言葉に、違和感を覚える。上手くぶつかってって表現は、どこかおかしくないだろうか。その言い方では、まるで……。

すると、それを聞いた途端、私の背後にいた澄江さんの雰囲気が変わった。それは背筋にぞわっと寒気を感じるほどで、驚いて見てみれば、澄江さんは凄《すさ》まじい形相で道子さんを睨んでいた。黒髪が大きく横に広がり、目は吊《つ》り上がって零《こぼ》れそうなほど見開かれている。その怒りで剝《む》き出しの顔は、風呂場《ふろば》や裏口で見たときよりなお恐ろしいものだった。

そして、その怒りの強さを表すように、天井にぶら下がっていた照明の電球が突如音を立てて割れた。私は反射的に叫び声を上げて頭を庇《かば》ったが、咄嗟《とっさ》に水城さんが覆い被《かぶ》さり守ってくれたのを感じていた。そういえば白井さんは、と焦って見ると、彼女はこの恐ろしい状況に精神が耐え切れなくなったのか、机に突っ伏すようにして気絶しているようだった。ひとまず怪我はなさそうなのは幸いだ。

すると、私から離れた水城さんは無言でつかつかと道子さんに近づき、その隣にしゃがみ込んだ。そして、小汚いものを見るかのように、彼女を嫌な顔で見下ろした。

……あれ、水城、さん？

「だよなあ。殺した相手が化けて出たらこえーよなあ。そら叫ぶわ。おかげで上手く行った」

いつの間に替わっていたのか、悠さんが鼻で笑うように言ったので、私は息を呑《の》む。

一体急に何を言いだしたのだろう。

「え、待ってください、一体何が何だか」

混乱する私に、悠さんは顔を歪《ゆが》めながら答えた。

「俺がこいつを呼んどいたの。『遺産について大事なお話があります』って。鍵《かぎ》は開いてるから客間に直接来るようにって言ってな。いちかばちか賭《か》けてみたんだけど、想像以上に上手く行った」

そういえば、確かに白井さんに玄関の鍵は開けておくように言っていた。道子さんはそこから入ってきたのか。悠さんは怒りからか、普段よりさらに乱暴な口ぶりで言った。

「おいババア、お前だろ？　美味《うま》いケーキ屋を教えてやるとか何とか言って澄江さんを呼び出して、手すりを上から落として殺《や》ったのは。あんたさ、白井さんに敵意むき出しな癖にやたらお茶に誘ってて不自然だったんだよ。しかも、一緒に茶をしに行くっつーのにわざわざ店で待ち合せましょう、ってさ。店までやってくる間に同じ手法で殺っちまおうと思ってたんじゃねえの？」

悠さんの言葉を聞き、脳裏に言葉の一つ一つが蘇ってくる。澄江さんは確かに、知り合いに美味しいケーキ屋を教わると言っていた。道子さんはそれを口実に呼び出して、上から物を落として殺したということだろうか。悠さんは続ける。

「上手く事故って処理されたから、味を占めたのかなー。また同じ事しようとしたんだろ？　あの鉢植えも細工が雑なんだよ、バカの一つ覚えみたいにやりやがって。おい、聞いてんのかババア」

悠さんの言葉は届いているのだろうか。道子さんはただ震えて澄江さんを見つめているだけだった。ようやく我に返ったのか、床を這《は》いつくばりながら玄関の方へ逃げようとするが、悠さんが襟首を乱暴に摑《つか》んで止めた。私は信じられない事実に驚きつつも、澄江さんがこれほど怒っている理由をようやく理解した。

「もしかして……園田さんが澄江さんたちを家に住まわせていたのが気に入らなくて、そんなことを……!?」

呆然《ぼうぜん》と呟《つぶや》くと、道子さんは叫んだ。

「だって！　おかしいでしょう、私達はずっと長い付き合いでばあさんを見てきたのに、あんな赤の他人が入ってきて横からお金を使うなんて！　ほ、本当はちょっと驚かそうとしただけだったのよ、警告するだけのつもりだったのよ！　なのに二人揃って当たっちゃって、だから」

「殺したのね……！　あんな優しい親子を殺して、園田さんから家族を奪ったのね！　そして白井さんも同じ目に遭わせようとしたんだ！」

「借金があって困ってたのよ、私だってやりたかったわけじゃないのよぉ！」

泣き叫びながら暴れる道子さんを、悠さんは放さない。私は怒りで頭が沸騰しそうだった。同時に目から自然と涙が溢《あふ》れ出る。こんなくだらない人間のせいで、二人の命が奪われたのだと思うと、心の中に湧き上がる憎しみでおかしくなってしまいそうだ。

悠さんは鋭い目つきで道子さんを睨みながら言う。

「俺は警察じゃねーし、あんたを罰することは出来ないけど？　だがもう死んだ後の人間なら、あんたをどうこうしたって誰も口出しできないだろうなあ。ほら、もっとこっちに来いよ」

彼はそう澄江さんに声を掛ける。すると、それに従うようにゆっくりと彼女は足を踏み出した。素足で畳を擦る音がする。一歩一歩踏みしめるように、道子さんに近づいていく。その顔は怒りに満ちたままだ。

それを目にして、道子さんはひときわ大きな叫びを上げた。澄江さんが彼女の目の前に立って見下ろした時、ついに、口をぽっかり開けたまま背後に倒れ込んだ。目を開けたまま人が気絶する姿を、初めて目の当たりにした。

「……駄目です、澄江さん！」

私は咄嗟に叫ぶ。泡を吹いている道子さんを見下ろす澄江さんに、慌てて駆け寄った。そして彼女の顔を覗《のぞ》きこみ、懇願する。

「お願いです、止めてください。娘さんが見てます」

私の呼びかけに、彼女は答えなかった。ただじっと冷たい目で道子さんを見ている。

しかしその表情は、先程のように怒りに満ちてはいなかった。

澄江さんの隣に悠さんが立ち、普段より静かな声で言う。

「大丈夫だよ。これだけ怖がらせておいたら、もうこいつは逃げずに真実を話すだろう。そうじゃなかったとしても、ちゃんと証拠は押さえた」

そう言ってポケットからスマホを取り出した。いつの間にか録音していたらしい。

「仕返しすんのは簡単だけど、そこのチビが言うように娘の前はよくねーだろ。やっちまった後、娘と一緒に眠れなくなるかもしれないし、やめときな。少なくとも鉢植えの件もあるし、この発言があればあんたたちの事件も警察が洗い直してくれるだろ」

悠さんがそう言った後、しばらくしてすすり泣く声が聞こえた。澄江さんが静かに涙を零していたのだ。悲痛な声に息が出来なくなる。自分だけじゃなく、大事な娘まで殺されたのだから、彼女の恨みや悲しみは私なんかでは到底理解出来ないほど深いのだろう。あれからまだ幸せな時間が続いていくはずだったのに。

「澄江さん……辛《つら》いですよね、ただ一生懸命に生きてただけですもんね」

澄江さんは涙声を響かせる。するといつの間にか、彼女の隣に小さな影が寄り添っていた。二つ結びをしている女の子は母の手を握り、心配そうにその顔を見上げている。小さな優しさに、私の心はまた引き裂かれそうになった。こんなにいい子が、理不尽に生きることを奪われたなんて。

なんと声を掛けたらいいのか分からず黙っていると、悠さんが私の耳元で囁《ささや》いた。

「お前、浄霊の部屋に誘え」

「え、私ですか?」

「俺は元々霊に嫌がられる存在だからな、部屋への招待はお前みたいな無害そうなやつの方がいい」

彼の言葉に少し迷ったものの、私は頷《うなず》いた。水城さんみたいに上手く行くかは分からないけれど、誠意を込めて伝えるんだ。あなたたちはもっと安らかな場所に行くべきだ、と。

水城さんのところで働く前までは、霊に関われば、すぐ祓《はら》って終わりだった。彼らの境遇や気持ちなんてこれっぽっちも考えた事がなかった。でも私は今、心の底から思う。

彼女たちを救いたい。

「澄江さん。水城さんもさっき言ってましたけど、ゆっくり安らげる部屋へ来ませんか。勿論《もちろん》、娘さんも一緒に。道子さんの事はまだまだすっきりしないだろうけど、少なくともこの人の悪事は明らかになりました。これ以上の復讐《ふくしゅう》は結局あなたを苦しませるだけです。憎しみはそう簡単には消えないでしょう。でも、二人が気持ちよく過ごせるよう、私が部屋の管理も頑張りますから、だから」

声が震え、言葉に詰まる。可哀想でならない二人の境遇を思うと苦しいが、でもきちんと伝えねばならない。私はしっかり前を向いて続けた。

「うちに、浄霊の部屋に来てください。そして、心が穏やかになるまでゆっくりして、そうしたらいつか園田さんにもきっと会えます」

澄江さんは答えなかった。ただ顔を俯《うつむ》かせ、その横では女の子が心配そうに見上げている。だがしばらくして、ゆっくり顔を持ち上げた。その顔は怒りではなく、悲しみとやるせなさが交ざり合った複雑な表情をしていた。彼女は子供の小さな手を握りなおすと、ほんの少しだけ微笑んだ。

「とにかく、このクソババアは責任持って俺たちが警察に突き出す。それは絶対約束する」

悠さんがきっぱり言うと、澄江さんは静かに頭を下げた。私は頬に流れた涙を急いで拭《ぬぐ》い、同じように礼を返した。

血の繋《つな》がりはないが、確かな家族がここに存在していた。施設育ちだった澄江さんにとって、園田さんは本当の母親のように感じていたのかもしれない。理不尽にも他者の手で壊されてしまった家族だけれど、もし天国という場所があるとしたら、そこでまた三人仲良く暮らせますように。

そのまま二人は、音もなく消えていく。隣に立つ少女は、あまり状況を理解していないのか、私たちに笑顔で手を振っていた。誕生日ケーキが嬉《うれ》しかったのかもしれない。私はそれに小さく手を振り返す。その何でもない挨拶《あいさつ》に、ひどく尊さを感じた。簡単な誕生日会だったけど、喜んでくれてよかった。

「……きっと来てくれますよね、うちに。そうすれば眠れますよね」

私の呟きに、悠さんが頷く。

「どんな悲しみも怒りも、解決するのは結局時間だからな。あの部屋で穏やかに時間を過ごせば、きっと眠れる。死者はな、いつかは絶対眠った方がいいんだよ」

じっと前を見つめながら言う彼に、私は返事できずにいた。悠さんの言葉は、まるで自分に言い聞かせているようにも聞こえたからだ。いつかは絶対眠った方がいい……。今、水城さんの体を借りて過ごしている彼の口から出るのは、とても残酷な言葉のように思えた。

そのまま静かな部屋で、私たちはしばらくただ立ち尽くしていた。消えていった澄江さんたちのいた跡を、ただぼんやりと眺めながら。

その後はとにかく忙しかった。警察を呼び、気を失っていた白井さんに声を掛けた。聞くとどうやら彼女も、澄江さんたちの過去が同じように見えたらしい。だが、道子さんが登場した後の、怒りの空気に耐え切れず、いつの間にか意識を失ってしまっていたようだ。

私たちは澄江さん親子はここからいなくなったこと、そして道子さんの悪行について説明し、録音した音声も聞かせた。白井さんが驚く暇もなく、警察が到着し、私たちは道子さんを引き渡した。何が大変だったかって、霊の存在を隠しつつこの状況を説明しなければならないことだった。三人揃って口裏を合わせ、警察の事情聴取を受けたのだった。

「この家はやっぱり出ようと思います」

白井さんの決意の声に、私と、いつの間にかまた交代していた水城さんは驚いた。

警察の事情聴取が延々と続き、空も夕暮れに赤く染まる頃、ようやく落ち着いてひと息ついたところで、白井さんは突然そう宣言したのだ。もう二人の霊はいないので、これからは怪奇現象はなくなる。せっかく解決したのに、なぜ引っ越すというのだろう。

そんなこちらの疑問を感じ取って、彼女は笑った。

「この家は、祖母と澄江さんたちの家です。みんないなくなってしまったけど、でもやっぱりあの家族の思い出の場所。もちろん、取り壊したりはしません。時々手入れをして、あの人たちの大事だった場所を守ろうと思います。とりあえず、私が出来るところまでですけど」

その言葉を聞いて、私は微笑む。だがすぐに、白井さんはバツが悪そうに笑った。

「なんて言えば聞こえはいいですけど。藤間さんには言いましたが、元々ここに来たのは、彼氏に浮気されて振られたからなんです。でも、ここで過ごして、色んなことを体験して、私もちょっと前向きになりました。遅いですがもう一度恋愛をして、家族が欲しいな、って」

そう恥ずかしそうに言う白井さんに、私は笑顔を見せた。何度も強く頷きながら言う。

「遅いなんて！　白井さんは美人でスタイルもいいし、性格までいいんですよ。すーぐ相手も見つかりますって！」

「あはは、そう簡単にいくといいんですけどね。まあ、まずはこの家を出たあとの引っ越し先を探すところからです。あまりここから離れたくはないので、いいところが見つかるといいんですけど……」

そう白井さんが言った時だった。大きくインターホンの音が鳴り響き、三人で顔を上げる。白井さんはいぶかしそうにしながら立ち上がり、廊下を駆けて行った。誰だろうと思っていると、隣の水城さんが小声で言った。

「ああ、多分あの人だな。鉢植えが落ちてきたことを、報告しておいたからね」

「あの人って」

そう言いかけた私に、水城さんは人差し指を立て口元に当てると、立ち上がりそっと障子を開いた。私も同じように障子のところに移動してみる。玄関が開く音がして、白井さんが明るい声で挨拶をしていた。そのまま水城さんと足を忍ばせながら廊下を近づいていくと、白井さんと、もう一つ低い男性の声が聞こえる。少し進んだところで私たちは足を止め、息を潜めて玄関の様子を窺《うかが》う。

「わざわざ来てくださってありがとうございます。でもどうして」

「あの水城さんという方から、白井さんが誰かから危険な嫌がらせを受けたと聞きまして……！　あと一歩違えば大けがをするか、下手したら亡くなっていたかもと！」

「ああ、でもあれは私ではなくて藤間」

「ご無事でなによりです。もっと早く来たかったんですが、今日はどうしても外せない仕事もありましてこの時間に。本当にケガはないんですね？」

「南野さん、ありがとうございます。ケガはありません。その、話せば長くなるのですが、嫌がらせは道子さんの仕業と判明しまして……さらに他にも余罪があったらしく、今まで警察と話していたんです」

「そんなことが!?　やはりここに住むのをもっと強く止めておけばよかった、いや住んでなくても被害に遭ったかもしれませんが……！」

南野さんの声が驚きでひっくり返る。それにしてもやはり、彼は弁護士だというのに感情が表に出やすすぎる。

「それで、ちょうど話していたんです、ここはやっぱり出ようって。嫌がらせのせいとかじゃなくてですね、この家はやっぱり祖母が暮らしていたそのままにしておきたいんです。時々手入れだけはしにきますが、私は引っ越すつもりです」

白井さんの言葉に、ほっとしたように南野さんが答えた。

「ああ、そうですか、安心しました……それがいいと思います。引っ越し先はこれから探すんですか？」

「はい、今から。バタバタですよね、南野さんは最初からここに暮らすことを止めてくださっていたのにすみません」

「とんでもない！　よければお手伝いしますよ」

「え、でもそこまでしていただくわけには」

「あ、すみません、お節介ですよね……。あの、もうここまできたら正直に言いますが。あなたを訪ねていたのは仕事だからだけではなく、個人的な気持ちも大きかったんです。ご、ご迷惑でなければ、個人的に、あなたの力になりたいと」

「え！」

緊張しながら打ち明けた南野さんに、白井さんは驚き黙り込んでいる。全然気づいていなかったようだ。私でも南野さんの気持ち、すぐ分かったけどなあ。白井さんが南野さんのことをどう思っているかはよく分からないけど、自分が危ない目に遭ったたって聞いて、心配してすぐに来てくれるのは、好感度高いんじゃないかな。失恋には新しい恋愛、だ。

そのまましばらく沈黙が流れた後、白井さんのうわずった声がした。

「あ、あの、では……まずはお食事でも、一度ゆっくりと」

「あ！　は、はい！　ありがとうございます！」

そこまで聞くと、水城さんはくるりと方向を変えて小声で私に言う。

「さ、僕たちは部屋で待ってようか。これからどうなるかは二人の相性次第だ」

「はい、そうですね！」

私たちは白井さんたちに気づかれないよう、足音を忍ばせて部屋に戻った。なんにせよ、白井さんは危険な嫌がらせをするような人間に狙われていたのだし、弁護士さんの味方は頼もしい。南野さんが力になってくれたらありがたい。そしてもしかしたら、白井さんも新しい家族を作って、みんなでこの家に遊びに来る……なんて、そんな微笑ましい光景を見られる日が来たら、眠っている園田さんだって、きっと喜ぶに違いない。

その後私たちは、調査は全て終了したため、白井さんに暇乞いを告げた。彼女は深く感謝し、何度も頭を下げてくれた。徹夜明けの水城さんを車に乗せ、私が運転して家から出る。姿が見えなくなるまで白井さんはこちらを見ていた。

私は車を走らせながら、二日間過ごした家をちらりと見た。初めに見たとき、なんてぼろくて不気味な雰囲気の家なんだろうと思った。でも、今一度見てみれば、どこか温かな空気も感じ取れる。あの家で、幸せな家族が笑いながら暮らしていたんだと思うと、胸が切なくなる。もう住む人はいなくなる家だけれど、園田さんの遺言を守るために、これからもあそこに存在し続ける。

白井さんのお宅を出て車を走らせること二時間近く。助手席に座る水城さんは、徹夜明けだというのに眠ることなく私を気遣ってくれていた。本当に天使かこの人は。

そしてようやく水城さんの家に辿《たど》り着く。車を停めると、私はすぐさま家に飛び込み、浄霊の部屋を確認しに向かった。だが、そこに親子の姿は見当たらなかった。てっきり来ているかと思っていた私はがっくり肩を落とす。そんな私に、背後から水城さんが声を掛けてきた。

「大丈夫、きっと来ると思うよ。ゆっくり待っていればいい」

「そうですよね。きっと、来てくれますよね」

私はゆっくり部屋の扉を閉めた。大丈夫、あの様子だったら、少し経ったら遊びに来てくれるはずだよね。そう自分に言い聞かせる私に、水城さんが声を掛けた。

「泊まり込みでお疲れ様でした。大変だったよね。明日《あした》と明後日《あさって》は休んでいいから」

「そんな、私は結局何もしてないですもん。水城さんは徹夜明けなのに」

「あはは、藤間さんがいなきゃ、あの二人はなかなか出てきてくれなかったよ。君のおかげで早期解決できたんだから。帰る前に飲み物でも飲んでいく？　何か淹《い》れるよ」

「あ！　私やりますよ、徹夜明けの水城さんはゆっくりしててください！」

「そう？　じゃあお言葉に甘えてお願いしようかな」

水城さんはリビングに、私はキッチンへ向かった。ちょっとひと休みしたら帰宅しよう。水城さんはブラックコーヒー……いや、今から休むのにコーヒーはだめか。せめて紅茶にしておこうか。考えながら二人分の飲み物を用意する。自分の分の紅茶に砂糖を少し入れたところで、ふとその白い粉を見て思うことがあった。

紅茶を持ってリビングへ向かうと、ソファに座っている水城さんがいた。私は彼の隣に腰かけ、目の前に紅茶を置く。水城さんはお礼を言った。

「あ、ありがとう」

「紅茶にしちゃったんですけど、よかったですか」

「うん、紅茶も好きだよ」

そう言って早速飲み始める。私も同じように紅茶を口に含み、鼻に抜ける香りを堪能し、息を吐いた。リラックスしながらカップをソーサーに置くと、水城さんが話しかけてくる。

「いい霊でよかったね。今回は、悠の除霊の出番はなかったけど、澄江さんたちの無念な死の真相を見つけてくれた」

「私はてっきり怖い霊かと思ってて……子供を守ろうとしてたんですね。それに、あんな悲しい過去があったなんて」

「藤間さんは怖い思いしたんだし、しょうがないよ。澄江さんからすれば、勝手に家に入ってきた侵入者だからね。しかもどんどん人数が増えてうるさくしたから、怒りが大きくなっていったんだろうねえ。お子さんと穏やかに暮らしていたつもりなんだ」

ケーキの蠟燭《ろうそく》を吹き消していた、小さな女の子を思い出す。私は少し掠《かす》れた声で言った。

「園田さんも、せっかく新しい家族が出来たのに、失って悲しかったでしょうね」

「白井さんのお母さんと、和解出来なかったからね。そこは残念だし、またできた家族を失ったのも悲しいことだね。でも、とても温かで微笑ましい家族だったんだと思う」

「ほんとです。本当に大切に思っている人への愛って、血の繋《つな》がりは関係ないですよね。でも澄江さんたちが亡くなった理由は本当に残念です。勝手に邪魔に思われて殺されて、澄江さんもお子さんを庇《かば》って自らも、なんて……でも、咄嗟《とっさ》に体が動いちゃうもんなんですかね。勇気があるな、って思っ」

言いかけて止めた。そんな勇気を持っている人を、私は知っているじゃないか。大切な人を守るために自分の命を落とした、悲しい最期の人を。

ふと隣に座る水城さんが、どこか厳しい横顔をしていることに気づいた。いつもニコニコして柔らかい表情をしているのに、口を固く結び、強い眼光でどこかを見つめている。きっと同じことを思い浮かべているのだ、と確信した私はさらに呟《つぶや》いた。

「……私も、また、彼に助けられてますもんね」

すると水城さんは驚いたようにこちらを見る。目を丸くし、私を見つめていた。そう、私も、あの家で助けられたのだと、気が付いたことがあった。水城さんはふ、と表情を緩め、目を細めて言う。

「藤間さんって、凄《すご》いね。すごく鋭いというか……いい人を雇ったよほんと」

笑いながら彼は紅茶をまた飲んだ。その瞳《ひとみ》に、やや迷いの色が見える。けれど、彼は目を閉じた。真実から目を逸《そ》らすように、苦しそうに。

そんな彼を見て、私はずっと胸に抱いていた言葉を口から出してしまった。

「二人は、ずっとこのままのつもりなんですか」

ハッキリとした声音で尋ねた。訊《き》いてはいけない質問だと、心では分かっていたのに。

多分水城さんにもわからない答えだろう。もしかしたら彼は死ぬまでこのままでいるつもりなのかもしれない。でも、それは水城春斗として生きていく上で、どうしても無理がある。

「今はいいでしょうが、たとえば水城さんに今後好きな相手が出来たら？　結婚したいと思ったら？　この状態のままでは、あまりに難しいですよね」

そう、やっぱり体を共有するだなんて、普通の人生を歩んでいくには困難なのだ。それに、この世で彷徨《さまよ》っていることが、悠さんのためになるとは思えない。そんな人を助けるのが、水城さんの仕事ではないのか。

私の言葉に、彼がこちらを見る。その表情を見て息が止まった。

口角は優しく上がっている。でも、瞳は悲しみに満ちた複雑な顔。それを見て、ああやっぱり訊くんじゃなかった、と後悔した。私はあまりに、残酷なことを訊いてしまった。

「僕は、幸せになる資格なんてないんだよ」

そう断言した水城さんに、私は何も言えなかった。

幸せになる権利は誰にでもありますよ、なんて。前を向いてください、なんて。大事な友人を自分のせいで亡くしたこともない私が、言える言葉じゃない。

そのあとは何も言葉が出なかった。二人で無言で紅茶を飲み、ただ時が流れるのを待った。


二日休みを挟んで、私は再び両手に荷物を持ってあの家を目指していた。今日はちょっと大きめな紙袋だ。私はひいひい言いながら坂道を登っていく。日差しは暑く、気温は残酷なほど高い。暑さと坂道のセットは拷問だ。太ももが重くなってくるのに気づかないふりをしてひたすら足を運び、ようやく家にたどり着くと、ガラッと引き戸を引き、声を上げる。

「おはようございます！」

中から返事はなかった。とりあえず靴を脱ぎ、リビングへと入っていく。するとソファに態度の悪い男が一人座っていた。足をテーブルにかけ、片手にチョコレートを持っている。もう一方の手には漫画だ。今回はいたって普通の少年漫画のようなのでほっとした。

「悠さん、おはようございます」

私が声を掛けると、ちらっとこちらを見た。そして眉《まゆ》を顰《ひそ》め、挨拶《あいさつ》もなく言う。

「お前なんだ、そのでっけー荷物は」

私が持っている白い紙袋が気になるようだった。むっと膨れて言い返す。

「まずは挨拶ぐらい返してくださいよ、小学生でもできますよ」

「はいはい、おはよーございまーす」

「態度わる！」

「あれか、昨日やって来た親子のためにまたなんか買ってきたのか」

そう聞いて、私は飛び上がった。勢いよく悠さんに詰め寄る。

「澄江さんたち、来たんですか⁉」

「来たよ。また後で見に行ってみれば。二日休んでたんだから、掃除丁寧にしとけよ」

悠さんは漫画から視線を外すことなくそう言った。私は笑顔で万歳をする。

「よかったー！　来てくれなかったら無駄になるとこだった！」

「何が。てかお前、万歳とかリアルでする？　ガキかよ」

「これ結構高くて〜、無駄になったらどうしようかと思ったんですよ〜」

「おい、聞いてんのか？」

私は悠さんの悪口は無視して、白い紙袋から大きな箱を取り出した。悠さんがこちらを見て、首を傾げる。彼は知らないらしい。私は意気揚々と紹介した。

「『森の土地のファミリー』ですよ！　女の子のおもちゃといえばこれでしょう⁉」

私が幼い頃からある有名なおもちゃだ。ウサギをはじめとした可愛い動物の人形に、おしゃれな造りのおうちは、私自身、夢中になった経験がある。あの子も喜んでくれるといいな、と想像しながら購入した。

「鼻息、荒」

「絶対これにしようって決めておもちゃ屋にいったんですけどね、この家高くて目玉飛び出るかと思ったんですよ。ドキドキでしたよ、せっかく買ったのに澄江さんたちが来てくれなかったらって」

「春斗に電話でもして聞けばよかったろ」

「あ、それもそうか」

悠さんがふ、と笑う。寝そべって漫画を見ながら言った。

「すげーアホだな、知ってたけど」

「む、アホとな」

「む、って。お前全部が漫画みたいなんだよ。む、って言うか？　むって！」

「むむむ！」

「笑わせんなよ、バカ」

悠さんが笑い声を漏らす。私は頰を膨らませたまま、おもちゃを箱から取り出した。早速あの部屋に置いてあげよう、子供には遊ぶものが足りないものね。

そうして手元の作業に夢中になっていると、突然悠さんが言った。

「お前さ、案外強いよな」

顔を上げる。彼はこちらを見ることなく言った。

「春斗についに突っ込んだわけだ、『これから先もこのままでいるつもりですか、結婚もできませんよ、いいんですか』って」

「あ……」

思わず俯《うつむ》く。そう、片方と交わした会話などは、もう片方にも筒抜け。これが二人の特殊なところだが、隠し事はできない。しまったと思う。あんなの、悠さんからしたら嫌な気持ちになるだろう。

「あの、すみませ」

「お前の言う通りだよ。つーか、もっと春斗に言ってやれ。この提案を受け入れた俺も俺だけど、やっぱり春斗にとってはよくない状況なんだ。でも勝手に離れることも、なかなか出来ずにいる」

淡々としたその言い方から、彼の不器用な優しさが伝わってきて涙が込み上げる。悠さんは悠さんで、水城さんに申し訳なく思っている。この関係をいつ終わらせるべきか悩んでいるんだろう。

「できれば春斗と同意して終わりたい。だからお前がその調子でどんどん言ってやれ。今すぐじゃなくても、いずれはそうなるべきだと俺も思ってる」

彼の持つ漫画のページが、ちっとも捲《めく》られないことに気づいていた。本当は読んでないくせに、自分は気にしていませんって、っていうふりをするのだ。私は少し微笑み、悠さんに言った。

「私、悠さんって口が悪くて態度も悪くて性格も悪い最低男だと思ってましたけど」

「急に喧嘩《けんか》売ってきてどうした、買うぞ」

「でも実は悠さんって優しいですよね」

「頭のねじ、ぶっとんだのか」

何で褒められてこんなに嫌そうなんだ、この人は？ つい笑ってしまう。手に持っていたおもちゃたちをいったん置き、私は悠さんに向き直ると、ゆっくりと頭を下げた。

「また私の命を助けてくれて、ありがとうございました」

ようやく彼は、こっちを向いた。

鉢植えが落ちてきたとき、私の腕を引いて守ってくれた。あれは水城さんじゃない、あの時の中身は悠さんだった。

気づいたのはそのあと三人で客間に行ったとき。彼は話しながら、甘いチョコレート菓子を手にしていた。水城さんは基本、甘いものは苦手だ。その証拠に、翌朝起きたとき、彼はお煎餅《せんべい》を持っていた。つまり、あの日の夜は悠さんが表に出ていたのだ。

思えば、白井さんがいるとき、悠さんは水城さんのように振る舞っていた。急に態度が変わっては、事情を知らない白井さんが驚いてしまうからだろう。最初に依頼の相談に来た時も水城さんを装っていた。だからあの夜も、精一杯水城さんのふりをしていたんだ。本当は悠さんだったのに。

山の中で遭難しそうになったときと、鉢植えが落ちてきたとき、私は二度も悠さんに助けられてしまった。

私のお礼を聞き、彼はまた嫌そうに顔を歪《ゆが》める。

「お前、鈍感かと思いきや、突然鋭いのな」

「あんな夜遅くにチョコレートを食べるなんて、水城さんはしませんよ」

「別に礼を言われることなんかしてねえ。お前も春斗も俺を買いかぶりすぎだ、目の前で死人が出たら気分悪いだろ。そういうことだよ」

ぶっきらぼうに言ってみせる悠さんを、微笑ましく思う。誰だって、目の前で人が危ない目にあっていれば助けたいと思う。だが、助けたい、と実際助ける、との間には雲泥の差がある。彼はちゃんと行動に移せる人だったのだ。普段こんなに態度も口も悪いくせに、やるときはやる人なのか。

そこでふと思う。悠さんは生前、どんな人だったのだろう。中身は分かってきたけど、それ以外は知らない。顔は？　髪型は？　どれくらいの背で、どんな家族がいたのだろう。彼という人間はもうこの世にはいない。水城さんという人間を、少し借りているだけ。

『僕は、幸せになる資格なんてないんだよ』

そう言っていた水城さんの顔が蘇《よみがえ》る。苦しそうで、悲しそうで、何かを諦《あきら》めたようなそんな顔。胸が締め付けられ、もうあんな顔をしてほしくないと思った。水城さんは優しくて明るくて、あんな風に自分を責めるなんて彼には合わない。私に何か出来ることがあれば力になりたい、とも思う。でも水城さんが解放されるときは、悠さんが消えてしまうということだ。

目の前に寝そべる彼を見た。相変わらず姿勢は悪く、漫画に集中している。本来もうこの世にいないはずの人。でも、いなくなってしまったらと思うと、それはそれで苦しい。大変失礼な男だけど、でも悪い人じゃないってことはよく分かったから。

胸の奥がぎゅっと痛んだ。

「おい、いつまでぼさっとしてんだよ。そのウサギらを早く持っていけば。ガキが待ってるんだろ」

「ガキって……」

呆《あき》れながら再びおもちゃに手を伸ばし、しっかり両手に持った。さて、ではセッティングといきましょうか。そのあと掃除もして、お花も取り替えて……と段取りを考えていると、悠さんが話しかけてきた。

「チビ」

「はい？」

「お前は女としては赤点だが」

「急に喧嘩売ってきてどうしました、買いますよ」

「霊のことはちゃんと考えられる。それだけそこそこ点数高い」

そう言った悠さんは、一度だけ漫画から視線を外した。そして、私の方を見てわずかに口角を上げる。そんな誉め言葉を彼からもらえるなんて思ってもおらず、つい固まってしまった。

「春斗もかなりお前には期待してる。まあ単独行動とかは気をつけろ、死ぬぞ」

「き、肝に銘じておきます」

「おう。それとみなみ、あとでアイスと蜂蜜《はちみつ》持ってきて」

「急にパシリ！　せっかくいいシーンだったのに！」

反射的に叫んだ後に気が付いた。悠さんが初めて私の名前を呼んだということに。

はっとして顔を上げる。でも当の本人は、もうとっくにこちらを見てはいなかった。

片手に持ったチョコレートを齧《かじ》っている。私はそれ以上何も言わず、悠さんに背を向けてリビングを後にした。なんとなく足早に廊下を進み、離れたところではあと息を吐く。

あの人、普段の口と態度が悪いせいで、ちょっと普通のことをするだけでこっちがドキドキしてしまう。名前を呼ばれただけじゃないか。でもまあ、やっと認めてもらえたのかな、っていう感じがして嬉《うれ》しいのは間違いない。胸がわくわくと弾んでいた。

顔をにやけさせながら、浄霊の部屋の入り口を見る。すると、扉に何かが貼り付けてあった。なんだろうと目を凝らして見ると、綺麗《きれい》な字で書かれたメモだった。

『藤間さん、お疲れ様。藤間さんが頑張ったおかげで澄江さんたちも来たよ。

次の相談は明日《あした》入っています。今日はゆっくりしてればいいからね（もし悠だったら伝えてくれなそうだから書いておきました)』

水城さんだ。彼の優しい顔が思い浮かぶ。相変わらず気遣いと優しさがすごい。ただかっこいいだけじゃなく、こんなことも出来ちゃうなんて、神様は色々与えすぎではないだろうか。その分、方向音痴でバランスをとっているつもりだろうか。

その丁寧に書かれた文字をそっと指でなぞる。はしゃいでいた胸が、より一層暴れだす。自分の鼓動が周りに聞こえてしまうんじゃないかと思うくらい、心臓が痛い。

この感覚には覚えがあった。これはやはり、今までの人生でいくらか味わってきた恋というものの特徴に、似ているなと思う。高校の頃憧《あこが》れていた先輩や、大学の時ちょっとだけ付き合った彼氏相手に、やっぱり私はこうやってドキドキしていた。

嘘だ、まさか私。

そう考えて、はたと止まる。

「……え、いやでも」

腕を組んで考え込んだ。これが恋心というものだとして、果たして私はどちらにそれを抱いているのだ？　一つの体を共有している二人のうち、水城さんなのか悠さんなのか。

いやいやちょっと待て自分。悠さんはないだろう。いいところもあるんだってわかったけれど、忘れてはいけない。人をチビとか色気がないとか呼ぶような男だぞ。普通に考えて男として最低だ、あの人は。

じゃあやっぱり水城さん？　そりゃ文句ないくらいの人だけど、あの人は顔も性格も凄《すご》すぎるゆえか、付き合うなんて全然想像できないぞ。恋人っていうより、やっぱりとてもいい先輩という存在が合っている気がする。恋と呼ぶのはどうも……。

それに、だ。悠さんは、もう生きてる人じゃないんだ。いずれはきっと、この世から消えてしまう人。

「……考えるのやめよう。多分、気のせいだよ」

げんなりしてそう自分に言い聞かせた。二人とも絶対好きにならない方がいい。だってあまりに特殊すぎる。ドキドキしてるのは、うん、芸能人に憧れているのと同じだって。私はそう自分を納得させ、ようやく浄霊の部屋の扉を開けた。花の香りがあたりを包み込む。明るい日差しがまぶしい、と思った。

中には一瞬、誰もいないように見えた。でも足を踏み入れてみると、人ではない気配を感じ取れる。中央にあるテーブルに、あの子供と母親がいた。子供は飾ってある花を、嬉しそうに眺めている。それを見て、自分の頰が自然と緩んだ。

ゆっくり足を踏み入れ、持っていたおもちゃを部屋の隅に音をたてないように置いた。まるでこの世のものじゃないような不思議な部屋の空気感に、自分も溶けてしまいそうだった。

ふと背後から、高い声が聞こえた。

『お母さん、おばあちゃんにもう少ししたら会える？』

『きっと会えるよ。待たせちゃったね』

『うふふ、嬉しいなー』

心地よい会話を聞きながら、そっと目を閉じる。

ここで心穏やかに過ごし、行くべきところへ行く。そうすれば、きっと会いたかった人にも会えるはず。私たちは霊たちにそんな道案内をしているのだ。私に出来ることは、ほんの少しでもここを居心地のいい場所にすること。ちょっと変わった男の人たちに囲まれながら、これからも誰かの道しるべになりたい。

それと同時に、いつかあの人もこの部屋に入ってしまうのかもしれない、と想像し、胸が締め付けられる。それが自然な流れであり、正しいことだとしても。

でもまだ今は、と私は小さく首を振った。

立ち上がり、振り返る。まずは花の交換から始めようと意気込んだ。

本書は、魔法のiらんど大賞2022 小説大賞〈文芸総合部門 部門賞〉受賞作を大幅に加筆修正の上、文庫化したものです。

この物語はフィクションであり、実在の人物・地名・団体等とは一切関係ありません。

ただいま、憑《つ》かれています。

橘《たちばな》 しづき

令和5年 10月25日　初版発行

発行者●山下直久

発行●株式会社KADOKAWA
〒102-8177　東京都千代田区富士見2-13-3
電話　0570-002-301（ナビダイヤル）

角川文庫 23862

印刷所●株式会社暁印刷
製本所●本間製本株式会社

表紙画●和田三造

ISBN 978-4-04-114140-3　C0193

◇◇◇